STAR
WARS™

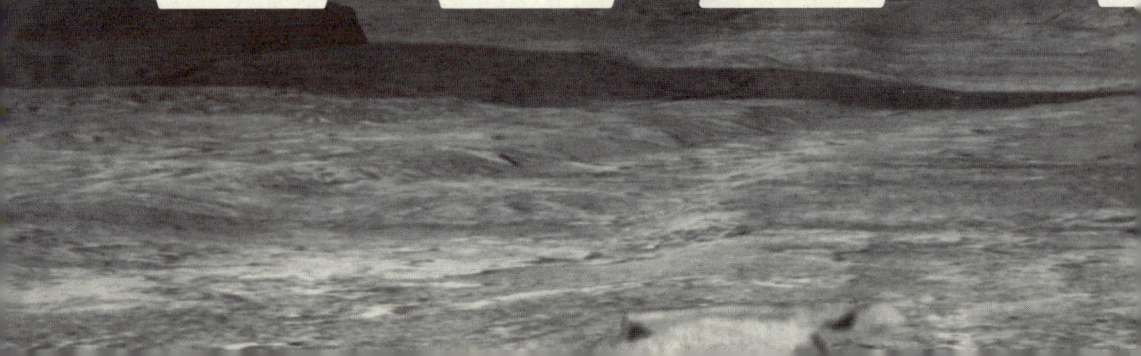

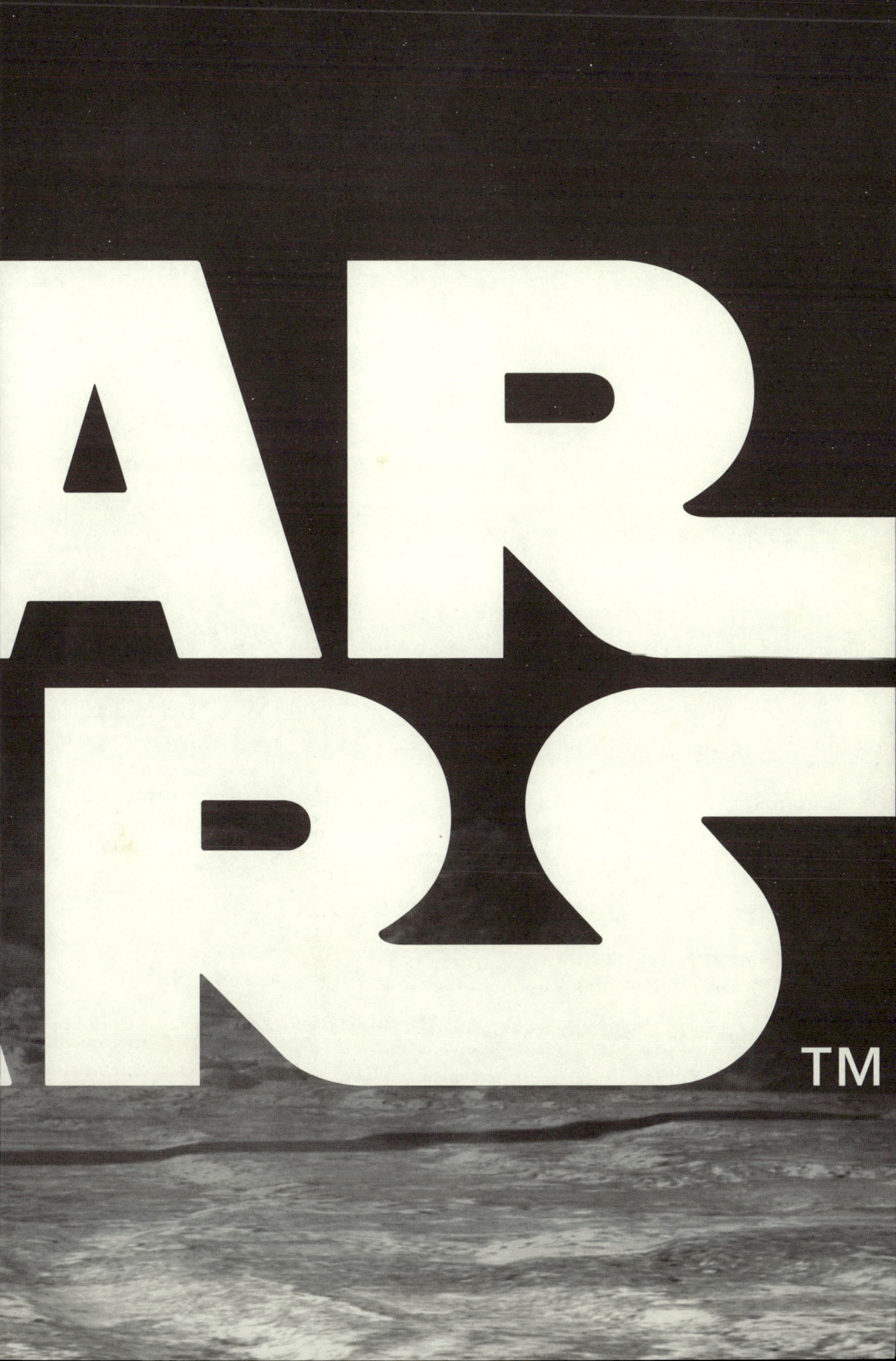
TM

JOE SCHREIBER

STAR WARS™

TROOPERS DA MORTE

Tradução
CAIO PEREIRA

ᐯ
ALEPH

STAR WARS / TROOPERS DA MORTE

TÍTULO ORIGINAL:
Star Wars / Death Troopers

COPIDESQUE:
Cássio Yamamura

REVISÃO:
Isadora Prospero
Pausa Dramática

CAPA, PROJETO GRÁFICO E DIAGRAMAÇÃO:
Desenho Editorial

ILUSTRAÇÃO:
Dave Stevenson

DIREÇÃO EXECUTIVA:
Betty Fromer

DIREÇÃO EDITORIAL:
Adriano Fromer Piazzi

EDITORIAL:
Daniel Lameira
Katharina Cotrim
Mateus Duque Erthal
Bárbara Prince
Júlia Mendonça
Andréa Bergamaschi

COMUNICAÇÃO:
Luciana Fracchetta
Felipe Bellaparte
Pedro Henrique Barradas
Lucas Ferrer Alves
Renata Assis

COMERCIAL:
Orlando Rafael Prado
Fernando Quinteiro
Lidiana Pessoa
Roberta Saraiva
Ligia Carla de Oliveira
Eduardo Cabelo
Stephanie Antunes

FINANCEIRO:
Rafael Martins
Roberta Martins
Rogério Zanqueta
Sandro Hannes

LOGÍSTICA:
Johnson Tazoe
Sergio Lima
William dos Santos

DADOS INTERNACIONAIS DE CATALOGAÇÃO NA PUBLICAÇÃO (CIP)
(CÂMARA BRASILEIRA DO LIVRO, SP, BRASIL)

Schreiber, Joe
Troopers da morte / Joe Schreiber ;
tradução Caio Pereira. — São Paulo :
Aleph, 2015.

Título original: Death troopers.
ISBN 978-85-7657-270-1

1. Ficção norte-americana I. Título.

15-06947   CDD-813

ÍNDICES PARA CATÁLOGO SISTEMÁTICO:

1. Ficção : Literatura norte-americana   813

Disney LUCASFILM

EDITORA ALEPH

Rua Lisboa, 314
05413-000 – São Paulo – SP – Brasil
Tel.: (55 11) 3743-3202
www.editoraaleph.com.br

Aos meus filhos, J. e V.
Todo dia vocês me surpreendem.

AGRADECIMENTOS

Para começar, um obrigado de coração a Keith Clayton e Erich Schoeneweiss da editora Del Rey por plantar esta semente maluca e fazê-la crescer, com menção especial para o cunhado de Erich, Andrew Goletz, que escreveu o primeiro esboço do projeto – o que convenceu a todos de que ele não era só o sonho de um louco. Dave Stevenson é o melhor diretor de arte do mundo, o homem responsável pela capa mais do que incrível que gerou um baita impacto na internet. Ali Kokmen, Christine Cabello, David Moench e Joseph Scalora são um bando de malucos, maravilhosos gênios do marketing e da publicidade, e ofereceram o maior entusiasmo e apoio a este projeto desde o início. E claro, Shelly Shapiro, você é a melhor.

Da Lucasfilm, gostaria de expressar minha gratidão do fundo do coração a Sue Rostoni e Leland Chee por conceder a este bicho-papão aqui o passe livre para zanzar pelo universo de *Star Wars*.

Obrigado, como sempre ao meu agente, Phyllis Westberg, por ajudar-me a juntar tudo.

A Michael Ludy, meu melhor amigo da escola. Mike e eu pagamos US$ 2,50 para ver *O retorno de Jedi* no dia de estreia e desde então as coisas nunca mais foram as mesmas.

E por falar em dinheiro, quero agradecer a todo mundo que algum dia abriu a carteira e usou seu suado dinheiro para comprar o meu trabalho. Basicamente, sem você, nada disso seria possível. Muito obrigado!

Finalmente, a Christina, que não só aguenta minha falta de noção de escritor diariamente, mas também deu o lance final num boneco Kenner Alien de 1979 no eBay... o que faz dela a esposa mais legal do mundo.

Dramatis Personae

Aur Myss: prisioneiro (Delfaniano)

Jareth Sartoris: capitão da guarda, nave-prisão imperial *Purgação* (humano)

Kale Longo: prisioneiro adolescente (humano)

Trig Longo: prisioneiro adolescente (humano)

Waste: droide-cirurgião 2-1B

Zahara Cody: médica-chefe, nave-prisão imperial *Purgação* (humana)

HÁ·MUITO TEMPO,
NUMA GALÁXIA MUITO,
MUITO DISTANTE...

PURGAÇÃO

O pior eram as noites.

Mesmo antes da morte do pai, Trig Longo já temia as longas horas de confinamento, as sombras e sons e a instável cobertura de silêncio que se estendia entre eles. Noite após noite ele ficava deitado imóvel em sua cama, fitando a goteira no teto de hiperaço da cela, procurando sono ou um substituto aceitável. Chegava às vezes a começar a adormecer, flutuando naquela sensação confortável de leveza, apenas para acordar assustado – o coração martelando, a garganta trancada, o estômago contorcido, agitado – com o grito de algum prisioneiro tendo um pesadelo.

Não faltavam pesadelos a bordo da nave-prisão imperial *Purgação*.

Trig não sabia ao certo quantos prisioneiros a *Purgação* estava transportando no momento. Talvez quinhentos, humanos ou não, encontrados em todo canto da galáxia, assim como ele e sua família haviam sido capturados exatas oito semanas antes. Às vezes, as naves que chegavam vinham quase vazias; noutras, vinham empacotadas de trêmulas formas de vida alienígena e supostos simpatizantes da Rebelião de todo tipo e espécie. Havia assassinos de aluguel e sociopatas do tipo que Trig jamais tinha visto; seres de lábios finos que tagarelavam e zombavam em idiomas sediciosos que, aos ouvidos de Trig, não passavam de cliques e sibilos.

Cada um deles parecia abrigar seus próprios apetites obscuros e rancores pessoais, histórias de vida chamuscadas por segredos embaraçosos e vinganças sombrias. Ficou mais difícil ser cauteloso; logo foi preciso ter olhos na nuca – o que alguns deles de fato possuíam. Duas semanas antes no refeitório, Trig notara uma figura alta sentada em silêncio de costas para ele, mas observando-o com um único olho vermelho situado na parte de trás do crânio. Cada dia que passava, o bicho de um olho só parecia estar sentado um pouco mais perto. Até que, certo dia, ele não apareceu mais.

Exceto em seus sonhos.

Suspirando, Trig apoiou-se nos cotovelos e fitou o corredor por entre as barras. A área de prisioneiros operava com energia mínima à noite, mergulhando a comprida passarela num fulgor cinza permanente. Os Rodianos na cela em frente à do garoto já dormiam ou estavam quase pegando no sono. Ele ficou ali sentado, controlando a respiração, escutando os ecos distantes dos murmúrios e rosnados apreensivos dos condenados. De vez em quando, passava um droide rato ou uma unidade de manutenção de baixo nível, dentre as centenas que ocupavam a nave, atropelando-se numa missão pré-programada aqui ou ali. E claro, por baixo de tudo isso – grave, quase abaixo do escopo de audição – persistia o onipresente rufar das turbinas da espaçonave rangendo sem parar no vazio.

Mesmo com tanto tempo a bordo, Trig ainda não tinha se acostumado com esse som, o tremor que ele provocava na estrutura da *Purgação*, subindo pelas pernas dele, tremelicando seus ossos e nervos. Não havia como escapar do som, do modo como minava cada momento de vida, tão familiar quanto sua própria pulsação.

Trig lembrou-se de quando estava na enfermaria apenas duas semanas antes, vendo seu pai respirar pela última vez, e o silêncio depois que os robôs médicos desconectaram os biomonitores do corpo destruído do homem e o prepararam para ser removido. Quando o último dos monitores silenciou-se, o rapaz ouviu aquele trovão constante dos motores, apenas mais um desnecessário lembrete de onde ele estava e para onde ia. Lembrou-se de como aquele som o fizera sentir-se perdido e ínfimo e irremediavelmente triste – um tipo de gravidade artificial que parecia atuar diretamente em seu coração.

Ele soube então, como sabia agora, que isso significava apenas uma coisa: o esforço implacável e esmagador do Império consolidando o seu poder.

"Esqueça a política", dizia sempre o pai. *"Apenas dê-lhes alguma coisa de que precisam, ou vão te comer vivo."*

E agora que haviam sido comidos vivos mesmo, apesar do fato de nunca terem sido simpatizantes, não mais do que qualquer trambiqueiro pescado numa varredura rotineira do Império. Os motores da tirania rangiam, carregando-os ao longo da galáxia em direção a alguma remota prisão lunar. Trig achava que esse som continuaria, persistiria indefinidamente, ecoando até que...

– Trig?

Era a voz de Kale, atrás dele, inesperada; Trig levou um ligeiro susto ao ouvi-la. Ele olhou para trás e viu o irmão mais velho olhando para ele, com o rosto graciosamente enrugado pela falta de sono, apenas um fantasmagórico rosto em semiperfil suspenso na escuridão da cela. Kale parecia apenas parcialmente acordado, sem saber se estava ou não sonhando com tudo aquilo.

– Que foi? – ele perguntou, um murmúrio zonzo que quase não saiu.

Trig limpou a garganta. Sua voz estava começando a mudar, e ele tinha muita consciência de como ela soava aguda ou grave demais quando ele não prestava estrita atenção.

– Nada.

– Tá preocupado com amanhã?

– Eu? – Trig zombou. – Fala sério.

– Tudo bem ficar preocupado. – Kale parou um pouco para pensar e soltou um resmungo pensativo. – Loucura é não se preocupar.

– *Você* não tá com medo – disse Trig. – O papai nunca…

– Eu vou sozinho.

– Não. – A palavra escapou-lhe da garganta com ângulo quase doloroso. – A gente precisa ficar junto, é o que o papai sempre dizia.

– Você só tem treze anos – disse Kale. – Talvez não esteja, sabe…

– Faço catorze mês que vem. – Trig sentiu mais um assomo de emoção ao ter sua idade mencionada. – Idade suficiente.

– Tem certeza?

– Tenho.

– Bom, dorme e pensa bem, quem sabe muda de ideia amanhã de manhã…

A frase de Kale foi sendo abafada conforme o rapaz virou-se na cama, deixando Trig sentado ali com os olhos ainda grudados no pátio comprido e escuro que partia da cela de sua nova casa, agora já não mais tão nova.

"Dorme e pensa bem", ele lembrou, e nesse exato momento, como se por milagre ou pelo poder da sugestão, dormir começou a parecer uma possibilidade. Trig deitou-se e permitiu que o peso de seu cansaço o cobrisse feito uma manta, encobrindo ansiedade e medo. Ele tentou focar-se na respiração de Kale, profunda e reconfortante, puxa, solta, puxa, solta.

Foi então que das profundezas dos diversos níveis ecoou um grito inumano. Trig sentou-se, quase sem ar, e sentiu um arrepio apertar-lhe a pele dos ombros, braços e costas, rastejando por seu corpo milímetro por milímetro, erguendo os pelos da nuca. Em sua cama, o já adormecido Kale rolou de lado e balbuciou algo incompreensível.

Ouviu-se outro grito, dessa vez mais fraco. Trig pensou tratar-se apenas de outro presidiário, apenas mais um pesadelo rolando pela linha de montagem noturna na fábrica de pesadelos.

Contudo, não parecia um pesadelo.

Parecia que um presidiário, qualquer que fosse a espécie, estava sob ataque.

Ou enlouquecendo.

O rapaz ficou sentado, imóvel, os olhos muito apertados, esperando que o martelar de seu coração se acalmasse, *por favor, acalme-se*. Mas não se acalmou. Lembrou-se da criatura do refeitório, o condenado desaparecido cujo nome ele nunca soube, que o observara com o olho vermelho. Será que ele tinha mais olhos, que não dava para ver?

Dorme e pensa bem.

Contudo, ele já sabia que não conseguiria mais dormir.

CAPÍTULO

2

NINHO DE CARNE

Na antiga vida de Trig, em Cimarosa, o café da manhã era a melhor refeição do dia. Além de ser um traficante exímio em contrabando, habitante veterano de fronteira que fazia numerosos negócios com ladrões, espiões e falsificadores, Von Longo – embora não reconhecido por isso - fazia também um dos melhores cafés da manhã da galáxia. *"Faça uma bela refeição logo de manhã"*, Longo sempre dizia aos filhos. *"Nunca se sabe se vai ser a última."*

A bordo da *Purgação*, contudo, o café da manhã raramente era comestível e parecia até tremelicar sob as vibrações constantes como se ainda estivesse vivo no prato. Naquela manhã, Trig encontrava-se fitando uma massa pastosa de meleca sem cor acoplada numa cartilagem raspada, a coisa toda colada em chumaços pegajosos feito uma espécie de ninho de carne montado por insetos voadores carnívoros. Ele ainda estava cutucando o grude com muita apatia quando Kale finalmente ergueu as sobrancelhas e fitou o irmão.

– Conseguiu dormir ontem à noite? – ele perguntou.

– Um pouco.

– Você não tá comendo.

– O que, isso aqui? – Trig mexeu no conteúdo da bandeja de novo e deu de ombros. – Não tô com fome – disse, e viu Kale meter a última garfada de seu prato na boca com um perturbante prazer. – Acha que a comida vai ser melhor quando chegarmos à prisão lunar?

– Maninho, a gente vai ter sorte se não for parar no menu.

Trig fitou-o, impassível.

– Não dê ideias pra eles.

– Ei, anime-se. – Kale limpou a boca na manga da roupa e sorriu. – Um carinha pequeno que nem você, vão servir como aperitivo.

Trig baixou o garfo bufando, para mostrar que entendera a piada. Embora não conseguisse expressar, a brincadeira do irmão – tão obviamente herdada do pai – o deixava com muita inveja. Kale não era dominado pelo medo. Ele simplesmente permanecia ileso. A única coisa que parecia preocupá-lo era a possibilidade de não receber uma segunda porção de qualquer gororoba que os COO-2180s atrás do balcão serviam nas bandejas dos presidiários.

Do nada, passando do ridículo ao sublime, Trig pegou-se pensando novamente no pai. A última conversa permanecia fresca na memória com pungente vivacidade. Um pouco antes de falecer na enfermaria, o velho erguera-se, prendera a mão do filho entre as dele e sussurrou:

– Cuide do seu irmão.

Pego de surpresa, Trig apenas assentira e gaguejara que sim, claro que sim – mas pouco depois percebera que o pai, em seus momentos finais, devia ter se confundido quanto a com qual filho estava conversando. Não havia motivo para ele pedir que Trig tomasse conta de Kale. Era como atribuir a custódia de um wampa a um macaco-lagarto kowakiano.

– Que que há com você, afinal? – Kale perguntou, do outro lado da mesa.

– Tô bem.

– Para com isso. Fala logo.

Trig empurrou a bandeja de lado.

– Não entendo como eles podem servir esse negócio pra gente todo dia, é isso.

– Ei, e por falar nisso… – Como se esperasse pela deixa, Kale passou os olhos pela bandeja do irmão. – Posso comer?

Quando o alarme berrou no fim da refeição, os irmãos levantaram-se e cruzaram o refeitório em meio ao mar de presidiários. Sobre um convés de observação no alto, uma fileira de agentes de correção uniformizados e stormtroopers faziam a vigilância, observando-os passar para a zona comum com negros olhos sem vida.

Lá embaixo, os prisioneiros caminhavam aos bandos, murmurando e rindo entre si, deliberadamente prolongando o processo o máximo possível para explorar qualquer porçãozinha de leniência que os guardas lhes conferiam. Havia uma proximidade suada e pegajosa em seus corpos sujos, e Trig pensou novamente no termo "ninho de carne", e sentiu um pouco de náusea. Todo aquele lugar era um ninho de carne.

Aos poucos, com estudada casualidade, ele e Kale diminuíram o passo, afastando-se cada vez mais da multidão. Embora não dissesse uma palavra sequer, uma sutil mudança já havia trilhado seu caminho sobre a postura de Kale, endireitando sua coluna e ombros, uma serena vigilância assumindo posto em seu rosto, substituindo o antigo brilho despreocupado. Seus olhos disparavam de um lado a outro, nunca parando por mais de um ou dois instantes.

– Tá pronto? – ele perguntou, quase sem mexer os lábios.

– Claro – disse Trig, fazendo que sim. – E você?

– Pronto. – Nada no rosto de Kale parecia indicar que ele falava qualquer coisa. – Lembre-se de que quando chegarmos lá embaixo, vai ser apertado. Não importa o que faça, mantenha contato visual. Não desvie o olhar nem por um momento.

– Saquei.

– E se alguma coisa parecer errada, e eu digo *qualquer coisa* mesmo, a gente vai embora. – Ao dizer isso, Kale fitou de relance o rosto do irmão, talvez captando um pouco da apreensão dele. – Não acho que Sixtus vai tentar alguma coisa, mas não sei dizer de Myss. O papai nunca confiou nele.

– Talvez… – começou Trig, mas se conteve. O garoto reparou que estava prestes a desistir daquilo tudo, não por estar nervoso (embora estivesse mesmo), mas porque Kale também parecia estar em dúvida.

– A gente vai conseguir – Kale prosseguiu. – O papai nos ensinou tudo o que a gente precisava saber. A coisa toda não vai levar mais do que um ou dois minutos e logo vamos sair e voltar ao campo de visão. Um pouco mais que isso será perigoso. – Ele virou o rosto e fitou Trig com seriedade. – E eu vou primeiro. Entendido?

Trig fez que sim e sentiu uma mão pesada em seu ombro, impedindo-o de caminhar.

AONDE VAI O AR RUIM

Trig virou-se e fitou a figura parada à sua frente.

– Ei! – Era um guarda de olhos pequenos cujo nome o garoto não lembrava, encarando-o por detrás de lentes coloridas, definitivamente avessas ao regulamento. – Que os dois tão fazendo aqui atrás?

Trig tentou responder, mas ficou com a resposta presa na garganta. Kale entrou na jogada, oferecendo um sorriso tranquilo de desarmar qualquer um.

– Só andando, senhor.

– Não falei com você, prisioneiro – disse o guarda, e, sem esperar resposta, voltou sua atenção a Trig. – E aí?

– É isso mesmo, senhor – disse o rapaz. – A gente só tava andando.

– Ah, então quer dizer que vocês são bons demais pra andar junto com o resto da gentalha.

– Tentamos evitar a gentalha sempre que possível – disse Trig. Depois acrescentou: – Senhor.

Os olhos do guarda ficaram muito desconfiados por detrás das lentes.

– Tá tirando sarro de mim, prisioneiro?

– Não, senhor.

– Porque o último babaca que me zoou tá passando férias no buraco.

– Compreendido, senhor.

O guarda fitou o rapaz com fúria, virando um pouco a cabeça para o lado como se pesquisasse um ângulo no qual o rosto imaculado do adolescente pudesse de algum modo demonstrar ameaça, ou até fazer sentido entre a massa maior de criminosos encarcerados. Vendo essa expressão, Trig puniu-se imaginando uma fagulha de reconhecimento naquele olhar desconfiado, e por um instante pensou em como seria bizarro se o guarda resolvesse dizer algo como *"Vocês são os filhos do Von Longo, não são? Ouvi falar sobre o que aconteceu com o seu pai. Ele era um cara legal"*.

Contudo, é lógico que nenhum guarda naquela aeronave achava que Longo havia sido um cara legal, nem nunca se importara em guardar-lhe o nome, e agora ele estava morto e já tão completamente esquecido que era quase como se nunca tivesse vivido. O guarda apenas fez um gesto, dispensando-os.

– Vão andando – murmurou ele, e saiu de perto.

* * *

Assim que se encontravam longe o bastante para que ninguém os ouvisse, Kale cutucou o irmão no ombro.

– Tentamos evitar a gentalha sempre que possível? – Um pequeno sorriso curvou os cantos da boca de Kale. – Inventou essa ali na hora?

Trig não pôde impedir que seus lábios também sorrissem. Sentiu-se livre, talvez porque nem se lembrava de quando havia sido a última vez que se permitira abrir algo além de um meio sorriso.

– Será que ele acreditou?

– Parece que até você tava acreditando. – Kale levou a mão à cabeça do irmão e bagunçou-lhe os cabelos sem nem olhar. – Vai ficando espertinho assim, prisioneiro, e daqui a pouco vai ser você quem vai pra solitária com os caras perigosos de verdade.

– Ouvi dizer que tem uns durões lá em baixo muito bem presos – disse Trig. – Podem ser nossos futuros clientes.

Kale fitou o irmão com um olhar de aprovação.

– Você herdou muito mais do papai do que eu pensava – disse, e com um último olhar para os prisioneiros à frente deles, foi seguindo um pouco mais para a esquerda. – Vem, me segue. E não perca a cabeça, hein?

– Claro.

Trig sentiu que o irmão diminuía o passo, afastando-se mais ainda do grupo, mas não o bastante para ser notado, e ajustou seu ritmo ao dele. Mais à frente, o bando principal separou-se em três, dividindo-se numa série de corredores menores que cruzavam a área de detenção em todo vetor e ângulo imagináveis.

Durante seu tempo a bordo, Trig ocupara-se aprendendo o máximo possível sobre a estrutura da *Purgação*. Bisbilhotando conversas entre os guardas e droides de manutenção, logo descobriu que havia seis níveis de detenção principais, cada um contendo cerca de vinte a trinta celas de contenção. Acima ficava o refeitório, seguido pelas salas do administrativo, quartéis dos funcionários prisionais e a enfermaria. Ninguém falava muito das solitárias, localizadas na base da aeronave – nem havia muita especulação quanto às literais centenas de metros de estreitas rotas de acesso, subníveis e corredores mal iluminados que penetravam cada andar.

Em fila indiana, Kale e Trig deslizaram pelo portão aberto, caminhando ao longo das paredes acopladas, e desceram um lance de escadas, afundando-se nas entranhas verminosas da área de detenção. O ar ali embaixo logo ficou mais pesado, denso e drasticamente menos respirável, a caminho de purificadores de ar renovados antes de circular de volta à aeronave.

– Muito bem – disse uma voz. – Os irmãos Longo de novo.

Trig prendeu a respiração, torcendo para não ter feito barulho. À sua frente, Kale congelou, estendendo por instinto a mão atrás de si, e ambos espiaram o espaço que se abria para eles. Os olhos de Trig não demoraram a se ajustar. Ele já podia enxergar as silhuetas de diversos prisioneiros, todos membros da Gangue do Rosto Delfaniano, e, à frente deles, Aur Myss.

Se o sorriso afetado, quase vertical, de Myss era acidente genético ou o resultado de uma de suas lendárias brigas de faca era questão de perpétua especulação entre os outros condenados. Abaixo do nariz achatado e sanfonado, uma fileira de *piercings* tribais variados balançava, presos ao lábio inferior, colecionados feito troféus de todos os outros líderes de gangue na época em que Myss e seu chefe, Sixtus Cleft, lentamente consolidaram a posição da Gangue do Rosto como a mais importante da *Purgação*.

– Chegaram bem na hora – disse Myss, os *piercings* balançando conforme ele falava.

Kale fez que sim.

– Estamos sempre prontos.

– Virtude admirável para um rato de cadeia.

– Foi por isso que você escolheu fazer negócios com a gente.

– Um dos motivos – disse Myss –, com certeza.

Kale sorriu.

– Trouxe o pagamento?

– Claro. – Myss produziu um gorgolejo sibilante que lembrou uma risada, e estendeu uma mão pontuda feito espada, apontando para o espaço vazio à frente dele. – Tá bem aí na sua frente. Não tá vendo?

Trig sentiu, ou talvez só tenha imaginado, o irmão ficar tenso, preparando-se para ter problemas, e desejou que ele se acalmasse. Pareceu funcionar. Pelo momento, Kale manteve-se ereto e não desviou o olhar, preocupando-se em manter a voz firme e tranquila.

– Isso é uma piada, por acaso?

– Talvez. – Myss fitou os soldados Delfanianos em pé ao lado dele, sorrindo e contendo o riso. – Vai ver é você que não tem senso de humor.

– Nosso trato com o Sixtus...

– Sixtus morreu.

Kale encarou-o.

– O quê?

– Uma tragédia terrível. – Myss quase sussurrava, e o sibilo aveludado que entremeava as palavras, Trig reparou, era definitivamente um riso dessa vez, acompanhado pelo delicado tilintar metálico dos *piercings*. – O oficial Wembly o encontrou na cela hoje de manhã com a garganta rasgada. Agora quem manda sou *eu*. – Ele parou, e então sua voz esfriou de repente. – E, portanto, os termos do nosso trato mudaram.

– Não pode fazer isso – Trig interviu, incapaz de se conter. – Sixtus e o nosso pai...

– Não, tudo bem – disse Kale, com os olhos ainda grudados em Myss, e quando tornou a falar pareceu absolutamente calmo. – Mas é uma pena que tenha acontecido desse jeito.

Myss pareceu genuinamente curioso.

– Ah é?

– Nada disso é necessário. – A voz de Kale soou tão casual que foi quase como escutar o pai deles falando, aquela mesma suave inflexão do tipo podemos-resolver-isso que os livrara de tantos negócios complicados no passado. – Construímos uma relação de benefício mútuo aqui, e seria loucura prejudicá-la com decisões imprudentes.

– Decisões imprudentes?

Kale fez um aceno no ar.

– Claro que vai ser um prazer te contar onde estão escondidas as armas e as baterias de graça. Pode levar, numa boa. Considere como um presente pra comemorar o novo líder da Gangue do Rosto. E todo mundo vai embora hoje pra fazer negócios outro dia.

– Uma proposta generosa. – Myss pareceu ponderar sobre a ideia por um longo momento. – Só tem um problema.

– Qual?

Myss fitou os prisioneiros Delfanianos que se aproximavam dele pelos dois lados.

— Eu já tinha prometido ao meu pessoal que eles podiam matar vocês.

— Entendo. — Kale soltou um suspiro dramático. — Nesse caso, acho que nada de trato, né?

— Isso.

— Acho que só resta uma coisa a fazer.

Aur Myss ergueu o queixo apenas um pouco.

— Que seria?

No começo ninguém se moveu, e Trig não fazia ideia do que estava para acontecer. Então, antes que ele pudesse se dar conta, Kale estendeu a mão à frente, movendo-se mais rápido do que o irmão podia acompanhar, e enganchou os dedos nos *piercings* do rosto de Myss, arrancando-os.

O Delfaniano guinchou de dor, surpreso, e levou uma das mãos ao rosto, cobrindo lábios e nariz feridos e sangrentos. Simultaneamente, dois prisioneiros que estavam ao lado dele partiram para a frente, e Kale agarrou o irmão pelo ombro, girou-o e o empurrou com força na direção de onde eles tinham vindo.

— *Corre* — gritou ele, e fugiram, primeiro Trig, Kale logo atrás, ambos voando pelo corredor que tinham acabado de atravessar.

Atrás deles, as botas dos Delfanianos tilintavam no piso de metal, e Trig podia ouvi-los gritando, se aproximando. Não havia modo de escaparem. E ainda que por algum truque do destino eles de fato escapassem, Aur Myss estaria esperando por eles no dia seguinte e no seguinte e...

Quando pegaram a direita, Trig quase colidiu com um guarda parado bem na frente dele. O oficial ergueu os braços para se proteger. Trig congelou um instante antes da colisão, seguido por Kale, logo atrás, que trombou no irmão.

— O que tá acontecendo aqui? — perguntou o guarda.

— Nada, senhor, a gente só... — começou Trig, mas ocorreu-lhe que não havia motivo para os guardas estarem naqueles corredores para começo de conversa.

E então, imerso no martelar constante de seu coração, ele reparou em outra coisa.

A *Purgação* mergulhara em absoluto silêncio.

A vibração que o incomodava, transmitindo suas emanações pelos ossos dos pés, tornozelos e joelhos, havia desaparecido por completo.

Pela primeira vez desde que entrara na nave, os motores haviam parado.

CENTRO MÉDICO

– E aí, Waste – disse Zahara Cody. – Já chegamos?

O droide-cirurgião 2-1B olhou para ela com um olhar vago. Estava bem no meio do processo de injetar uma seringa de kolto no braço esquerdo do prisioneiro Dug deitado na enorme maca entre eles. Poucos segundos após receber o líquido, o paciente se contorceu e arqueou as costas, chacoalhando os membros inferiores sob o lençol. Depois ficou duro e congelou num estado bastante convincente de *rigor mortis*.

– Parabéns – disse Zahara –, você o matou. Pelo visto, economizou mais quatrocentos créditos para o Império. – A moça estendeu a mão e deu um tapinha no robô. – Muito bom trabalho! Ótimo jeito de ajudar a equipe.

O 2-1B olhou para ela com uma expressão quase alarmada.

– Mas eu não…

– Deixa eu fazer um teste rápido, só pra confirmar a hora da morte.

Zahara empurrou o Dug para o lado até que ele rolou para fora da maca, caindo no chão com um baque. Segundos depois, o prisioneiro sentou-se, soltando um ganido de desconforto, depois ergueu-se de volta para a maca, de onde fitou a moça sinistramente e murmurou baixinho alguma obscura praga condenatória.

– Mais uma recuperação milagrosa! – Waste entoou, e algo no fundo de seu tronco clicou e zumbiu. – Não acha que, considerando que o paciente continua se queixando, deveríamos fazer mais testes?

– Se não me engano, a queixa principal desse paciente se refere à comida. – Zahara fitou o Dug. – E talvez uma das diversas gangues que querem arrancar a pele dele por causa de atrasos de pagamento. Acho que estou certa, né, Tugnut?

O Dug rosnou e ergueu a mão, fazendo um gesto que transcendia as barreiras idiomáticas, depois tornou a fingir que estava morto.

– Chame um droide comum – disse Zahara. – Peça que o leve de volta pra cela. – Ela fitou o 2-1B. – Você sabe, Waste, que ainda não respondeu à minha pergunta?

– Que pergunta?

– Já chegamos?

– Dra. Cody, se está se referindo a nosso tempo estimado de chegada à prisão lunar Gradiente Sete…

– A *Purgação* é uma nave-prisão, Waste. Aonde mais estaríamos indo? Pro Espaço Selvagem? – Ela esperou pacientemente para ver se o 2-1B a contemplaria com mais um de seus monótonos, implacáveis olhares. Ao longo dos últimos três meses trabalhando lado a lado com o droide, Zahara Cody passara a considerar-se uma conhecedora de tais reações, assim como algumas pessoas colecionavam espécies polimórficas pseudogenéticas ou bugigangas de culturas pré-imperiais. – Já saímos do hiperespaço. Os motores estão desligados faz quase uma hora, e estamos aqui parados, sem fazer nada. Isso só pode significar uma coisa, certo? Devemos ter chegado.

– Na verdade, doutora, minha conexão com os sistemas de navegação indica que…

– Ei, doutora. – Um dedo brusco foi erguido atrás de Zahara e cutucou-a em algum ponto perto da lombar. – Já chegamos?

Zahara olhou para o prisioneiro Devaroniano esparramado langorosamente na maca atrás dela, depois se voltou para o droide-cirurgião.

– Viu, Waste? Tá todo mundo querendo saber.

– Não, tô falando sério, doutora – grunhiu o Devaroniano, fitando-a por detrás da mais profunda melancolia. Seu chifre direito havia sido quebrado bem na metade, conferindo ao rosto um aspecto especialmente assimétrico. A criatura cutucou a própria barriga e rosnou: – Um dos meus rins tá ficando pior, eu sinto. Acho que peguei alguma coisa no chuveiro.

– Posso dar um diagnóstico mais provável? – O animado 2-1B apressou-se, circundando Zahara, já trocando de ferramentas em suas servogarras, enquanto os componentes internos de seu sistema de diagnósticos chamejavam por detrás do invólucro do tronco. – Problemas renais na sua espécie não são incomuns. Em muitos casos, o seu sangue, composto basicamente de prata, acaba tendo falta de oxigênio devido à compulsão leve ao uso recreativo de…

– Ei, interface. – O Devaroniano sentou-se, subitamente a imagem robusta da saúde perfeita, e agarrou a pinça do 2-1B. – Tá falando o que da minha espécie?

– Calma, Gat, ele não quis te ofender. – Zahara pousou a mão no pulso do prisioneiro até ele soltar o droide. Então, voltando-se para o 2-1B: – Waste, que tal dar uma olhada no que tá havendo com o Trandoshano no dezessete-B, hein?

A temperatura subiu de novo, e não gostei das últimas contagens de partículas brancas que vi hoje de manhã. Duvido que ele sobreviva até amanhã.

– Ah, eu concordo – iluminou-se o droide. – De acordo com minha programação pela Faculdade Estadual de Medicina de Rhinnal…

– OK. Então depois eu te encontro para as visitas da tarde, tá bem?

O 2-1B hesitou, parecendo considerar brevemente a ideia de contestar, mas saiu clicando baixinho, consternado. Zahara o observou indo, as pernas desengonçadas e os pés grandes demais passando entre as fileiras de camas encostadas nos dois lados da enfermaria. Somente metade delas estava ocupada, mas ainda assim era mais do que ela gostaria de ver. Como médica-chefe da *Purgação*, ela sabia que o tempo inteiro uma boa porcentagem dos pacientes estava de sacanagem, prolongando sua estadia no centro médico ou fingindo na cara dura para ficar longe da zona comum. Contudo, a viagem se alongava, e os suprimentos diminuíam. Mesmo com o 2-1B, a possibilidade de ter uma emergência médica legítima…

– Tudo bem, doutora?

Retomando a atenção, a médica reparou que o Devaroniano a observava, deitado na cama, cutucando com indiferença o toco de chifre.

– Como?

– Perguntei se você tá bem. Parece um pouco, sei lá…

– Estou bem, Gat, obrigada.

– Ei. – O prisioneiro olhou para a direção na qual saíra o droide cirurgião. – Aquele monte de parafuso não vai ficar bravo comigo, né?

– Quem, o Waste? – Ela sorriu. – Pode acreditar, ele é o protótipo da objetividade científica. Basta jogar pra ele uns sintomas obscuros e ele vira seu melhor amigo.

– Acha mesmo que a gente tá chegando?

Ela deu de ombros.

– Não sei. Sabe como é… ninguém me fala nada.

– Tá bom – disse o Devaroniano, e balançou a cabeça, rindo.

A bordo da nave, havia algumas frases que circulavam na zona comum sem parar: "Já chegamos?" e "Acham mesmo que a gente vai comer essa porcaria?" eram as principais, mas "Ninguém me fala nada" era uma das favoritas.

Após meses de serviço, Zahara adotara essas frases também, para o desgosto do diretor e muitos dos oficiais, maioria dos quais se considerava um exemplar de uma espécie superior.

Zahara sabia o que diziam sobre ela. Entre os guardas, não se fazia esforço algum para manter a sutileza. Tempo demais no centro médico junto da escória e dos droides fizera a menina rica começar a se misturar, preferindo a companhia de presos e sintéticos à da sua própria espécie: agentes de correção e stormtroopers. Boa parte dos guardas havia parado de falar com ela completamente após a situação de duas semanas antes. Ela não podia culpá-los. Eram reconhecidamente unidos e pareciam funcionar segundo um pensamento grupal que ela considerava absolutamente nauseante.

Até mesmo os prisioneiros – os de sempre, que ela via diariamente – notaram uma mudança quando ela começou a passar mais tempo treinando Waste – preparando o 2-1B não mais como assistente, mas como substituto. E embora não tivesse havido resposta oficial do diretor, ela supunha, assim mesmo, que tinham recebido seu pedido de demissão.

Até porque ela entrou na sala dele com tudo e jogou o pedido na mesa.

Não dava mais para continuar trabalhando ali.

Não depois do que acontecera a Von Longo.

Pegue uma menina vinda de uma família rica de financiadores Corellianos e lhe diga que ela nunca mais vai ter preocupações na vida. Mande-a para as melhores escolas, diga que existe uma vaga esperando por ela no Clã Bancário Intergaláctico – basta que ela não pise na bola. Mantenha o nariz dela limpo, ensine os mais altos padrões de política, cultura e boas maneiras, e ignore o fato de que, comparado ao que lhe é de costume, 99% da galáxia continua faminta, doente e ignorante. Abrace o Império com sua singular falta de sutileza diplomática e lute para ignorar a pressão cada vez mais desconfortável do punho firme de Lorde Vader.

Pule quinze anos. A garota, agora uma mulher, resolve ir a Rhinnal para estudar, entre todas as coisas, medicina – a mais suja das ciências, melhor relegada a droides, cheia de sangue e pus e contaminação, algo que os pais nunca desejam aos filhos. Contudo, a decisão é tomada para apaziguá-la, baseada na esperança de que se trata apenas de um capricho idealista e em pouco tempo a pequena Zahara voltará e tomará sua posição de direito na mesa familiar. Afinal, ela é jovem, tem muito tempo.

Acontece que não foi assim. Após dois anos em Rhinnal, Zahara conhece um cirurgião com o dobro de sua idade, um veterano calejado em centenas de missões humanitárias além dos Mundos do Núcleo, que abre os olhos dela para a verdadeira necessidade da galáxia ao seu redor. Esse assimétrico caso de amor segue seu curso de modo bastante previsível, mas mesmo depois que uma porção dele arrefece, Zahara não consegue se esquecer da imagem que lhe fora apresentada, um mural de demanda visceral, seres cujo desespero encontra-se além do que ela compreende. Ele a lembra de que os pobres estão lá fora, aos incontáveis milhões, humanos e não humanos, jovens morrendo de desnutrição e doença, enquanto os altos escalões da galáxia banham-se em negligência autoinduzida. "*Ou você aceita algo assim*", disse-lhe o cirurgião, no que seria uma das suas últimas noites juntos, "*ou não aceita*".

E ela não aceitava. Após rejeição unânime de vários grupos de apoio devido à falta de experiência, Zahara toma a decisão de ir trabalhar para o Império, o que sua família aceita com relutância – pelo menos é uma entidade conhecida –, mas numa instalação que deixa a todos sem fala, estupefatos e ultrajados. Filha nenhuma da família trabalharia numa aeronave-prisão imperial. Seria uma indignidade fora de medida.

Entretanto, aqui estou eu, pensava Zahara, rainha de um reino em miniatura todo seu, afinal, duquesa das macas vazias, senhora da perpétua dor de estômago. Involuntário objeto de desejo de centenas de guardas emocionalmente frustrados e stormtroopers insensíveis. Praticante de medicina, responsável por manter os presos da nave-prisão imperial *Purgação* vivos o bastante para serem detidos permanentemente em alguma prisão lunar remota.

A ironia, é claro, estava em que em uma semana-padrão, ou fosse lá quando chegariam ao destino, ela voltaria para o pai e a mãe – se não totalmente humilhada, algo muito perto disso. A mãe faria careta, o irmão zombaria, mas o pai jogaria os braços em volta de sua garotinha, e depois de passada uma porção de tempo considerável, sua penitência seria cumprida, e ela seria novamente integrada ao lar. E o tempo vivido a bordo da nave se tornaria o que todos pensaram que seria: uma aventura da juventude, uma charmosa anedota a ser contada nos jantares para diplomatas. *Vocês não imaginam o que a nossa filha resolveu fazer na juventude...*

Olhando ao redor do centro médico mais uma vez, Zahara sentiu um discreto tremor de dúvida perpassar-lhe e afastou-o. Contudo, como muitos dos aspectos de sua personalidade, a sensação não se deixou vencer sem luta.

Em vez disso, espontaneamente, a imagem de Von Longo flutuou de volta à memória da moça, o rosto ensanguentado tentando falar com ela através do tubo respiratório, apertando a mão dela entre as dele, pedindo para ver os filhos uma última vez. Implorando-lhe que os trouxesse ali para que conversassem em particular. Momentos depois, uma nuvem pesada de ameaça avultara-se atrás dela; ela se virara e vira Jareth Sartoris, tão perto que ela quase podia sentir o cheiro da pele dele, falando por entre lábios finos que mal pareciam mover-se.

"Velando o sujeito, doutora?"

Longo morrera um pouco mais tarde no mesmo dia, e Zahara Cody decidira que aquela seria sua última viagem com a *Purgação* e com o Império. O próximo passo seria contatar os pais e contar-lhes que estava voltando para casa. Roupas luxuosas e cristal fino nunca foram sua escolha inicial, mas pelo menos ela conseguiria dormir à noite. E, no entardecer, ela se sentaria à mesa junto dos ricos e orgulhosos, e esqueceria tudo o que acontecera com Von Longo e Jareth Sartoris.

É isso mesmo que você quer?

Zahara afastou o pensamento. De todo modo, ela sabia que teria tempo suficiente para ponderar antes que a aeronave chegasse a seu destino.

Tempo suficiente para tomar uma decisão.

O problema é que os motores estavam parados – parados há mais de uma hora.

Do outro lado da enfermaria, outra voz, de outro preso, soltou:

– Ei, doutora, a gente já chegou?

Dessa vez, Zahara não respondeu.

Jareth Sartoris seguia seu caminho pelo estreito corredor que passava pelos quartos dos guardas, massageando as têmporas enquanto andava. Estava com dor de cabeça, nada de novo, mas dessa vez era algo especial, um aperto nos lobos temporais que o fazia se sentir como se tivesse respirado algum tipo de neurotoxina de baixo nível enquanto dormia. O resto gorduroso do café da manhã grudado no fundo da garganta também não ajudava.

Acordara antes mesmo de receber a convocação do diretor. Após cumprir o terceiro turno na noite anterior, largara-se na cama pela manhã e desabara numa inquieta inconsciência, mas duas horas depois o silêncio abrupto o despertara, com a sensação de que seu mundo apertado girava fora do eixo. Tinham saído fazia sete dias-padrão. Então por que os motores silenciaram? Sartoris vestiu-se, pegou um pouco de caf morno e um pedaço de bantha no refeitório, e seguiu pelo corredor até a sala do diretor, torcendo para conseguir manter inércia suficiente para prosseguir até onde precisasse.

À sua direita, as portas automáticas se abriram. Outros três guardas – Vesek, Austin e um novato topetudo – saíram, pondo-se a caminhar logo atrás dele. Tiveram que fazer fila única para caber confortavelmente no corredor. Sartoris não deteve o passo nem sequer olhou para eles.

– Eu e os rapazes, capitão – pipocou a voz de Austin, após uma respeitosa pausa –, estávamos pensando se o senhor poderia, sabe, clarear o que está acontecendo.

Sartoris meneou a cabeça, ainda sem olhar para trás.

– Como assim?

– Ouvi dizer que apagamos totalmente os dois propulsores – Vesek interveio. – Dizem que estamos parados num lugar perto das Regiões Desconhecidas, aguardando reboque.

Austin riu baixo.

– Nave lotada de condenados, aposto que somos prioridade pro Império.

– Saco – disse Vesek. – Talvez resolvam largar a gente aqui, né?

– Perguntemos ao novato. – Austin cutucou o guarda de topete que andava logo à frente. – Ei, Armitage, acha que vão nos resgatar? – Ele riu, sem esperar que o rapaz respondesse. – Eu acho que ele gostaria que sim. Combina com o *temperamento artístico* dele, né, Armitage?

O novato apenas ignorou o outro e continuou andando.

— Quanto tempo você passou arrumando o cabelo hoje de manhã, novato? Tá achando que a dra. Cody vai se interessar?

— Chega. — Sartoris lançou um olhar para os guardas. — Parem com esse barulho, entendido?

Ninguém disse mais nada durante o restante do trajeto à sala do diretor.

A sala de Kloth havia sido arranjada para parecer maior do que era de fato – cores claras, murais holográficos e uma tela retilínea colossal de frente para a expansão estrelada –, mas Sartoris sempre havia achado o efeito paradoxalmente opressivo. Algum tempo atrás, ele notara uma falha no canto da paisagem desértica acima da mesa de Kloth, um ponto faltando no tecido digital. Desde então, algo nessa tecnologia de segunda mão parecia incomodá-lo, e seus olhos sempre passavam a sensação de estar sendo enganados, ludibriados num senso falso de amplitude.

— Primeiro, as notícias ruins – disse Kloth. Encontrava-se na pose de costume, mãos unidas atrás das costas, fitando a telona. — Nossos propulsores foram seriamente danificados, talvez não possam ser reparados. E, como você deve saber, estamos ainda sete dias-padrão distantes de nosso destino.

Um dos outros guardas, provavelmente o novato, soltou um resmungo quase inaudível. Sartoris ouviu somente por estar bem ao lado do rapaz.

— Contudo – prosseguiu o diretor –, há um lado positivo.

Kloth virou-se lentamente para fitá-los. Ao primeiro olhar, seu rosto passava a típica ideia do calhorda burocrático indiferente, lábio superior ligeiramente curvado, olhos cinza e o fulgor prateado de bochechas recém-barbeadas. Apenas após passar certo tempo com o homem era possível conhecer a coisa mole que residia dentro daquela carcaça calculista, uma gelatinosa criatura covarde que exalava nada além de uma trêmula ansiedade de ser tragada e exposta.

— Parece que os sistemas de navegação identificaram um veículo imperial – disse Kloth. — Um destróier estelar, na verdade, dentro do mesmo sistema. Embora nossas tentativas de contato não tenham obtido resposta, temos energia suficiente para uma abordagem.

Ele parou ali, aparentemente esperando uma salva de palmas, ou pelo menos uma rodada de suspiros de alívio, mas Sartoris e os outros continuaram apenas olhando para ele.

– Um destróier? – perguntou Austin. – E não estão respondendo aos chamados?

Kloth não respondeu por um momento. Tocou o queixo e dedilhou-o, pensativo, um gesto pomposo e afetado que Sartoris vira milhares de vezes e viera a odiar de um modo todo especial.

– Tem mais – disse ele. – De acordo com os bioscans, há poucas formas de vida a bordo.

– Poucas quanto? – Vesek quis saber.

– Dez, talvez doze.

– Dez ou doze? – Vesek ficou aturdido. – Deve ser problema no escâner. Destróiers podem transportar uma tripulação de dez mil ou mais.

– Obrigado – disse Kloth, seco. – Conheço muito bem as especificações padrão do Império.

– Desculpe, senhor. É que ou nosso equipamento está com um defeito sério ou…

– Ou tem alguma outra coisa acontecendo lá. – Foi a primeira vez que Sartoris falou algo na sala, e ficou surpreso com a rouquidão de sua voz. – Algo com que não queremos nos envolver.

Os outros se viraram para fitá-lo. Pelo que pareceu um longo tempo, ninguém disse nada. Então o diretor limpou a garganta.

– O que está dizendo, capitão?

– O Império não abandonaria um destróier estelar inteiro aqui, no meio do nada, sem que fosse necessário.

– Ele tem razão – disse Austin. – Talvez…

– Diagnósticos de atmosfera interna não mostram sinal algum de toxina conhecida ou contaminação – disse Kloth. – Claro que é possível que nossos instrumentos não estejam lendo corretamente quantas formas de vida estão a bordo. Escaneamos diversas variáveis: atividade elétrica cerebral, pulsação, movimento, qualquer um desses poderia atrapalhar a leitura. Em todo caso…
– Ele sorriu, toda uma dramatização nada convincente que devia ter envolvido

inúmeros fios e ganchos invisíveis em cada lado da boca. – O fator mais crítico é que talvez possamos coletar equipamento para nossos propulsores e nos colocar de volta ao curso antes de ficarmos oficialmente atrasados. Para esse fim, enviarei uma equipe de inspeção: o capitão Sartoris, junto dos oficiais Austin, Vesek e Armitage e os engenheiros médicos, para ver o que podem coletar. Pretendemos aportar dentro de uma hora. Alguma pergunta?

Ninguém perguntou nada, então Kloth dispensou a equipe do modo usual, dando-lhe as costas, para que se retirassem. Sartoris estava prestes a seguir os outros quando a voz do diretor o deteve.

– Capitão?

Parando na porta, Sartoris respirou fundo e sentiu a dor de cabeça tornar-se um martelar ainda mais fundo e impactante, feito um gigantesco dente inflamado em seu seio frontal. A porta fechou-se atrás dele, e ficaram apenas os dois no que parecia um espaço cada vez mais encolhido.

– Estou cometendo um erro ao enviar você com esses homens?

– Como, senhor?

– *Senhor*. – O sorriso de Kloth se rematerializou, um fantasma do que tinha sido havia pouco. – Eis uma palavra que não ouço de você há um bom tempo, capitão.

– Não temos nos visto muito ultimamente.

– Estou ciente de que esta viagem tem sido especialmente… desafiadora para você, a nível pessoal – disse Kloth, e Sartoris viu-se torcendo ardentemente para que o diretor não se pusesse a coçar o queixo mais uma vez. Se o fizesse, Sartoris não sabia se poderia conter a vontade louca de lhe socar o rosto pomposo e afetado. – Depois do que aconteceu duas semanas atrás, eu esperava receber seu pedido de demissão junto ao da dra. Cody.

– Por quê?

– Ela o viu matar um preso a sangue frio.

– É a palavra dela contra a minha.

– Suas técnicas antiquadas de interrogatório não são mais apropriadas, capitão. Está custando mais informações ao Império do que está conseguindo.

– Com todo o respeito, senhor, Longo era um ninguém, um pilantra…

– Jamais saberemos disso, não?

Sartoris sentiu que apertava os punhos ao lado do corpo até fincar as unhas na pele.

– Quer que eu saia da sua nave, diretor? Se quiser, é só falar.

– Pelo contrário. Considere essa missão uma oportunidade de se redimir. Se não perante os meus olhos, certamente perante os olhos do Império, a quem nós dois devemos tanto. Entendido?

– Sim, senhor.

Kloth virou-se e avaliou o outro em busca de algum sinal de sarcasmo ou zombaria. Em suas décadas de serviço, Jareth Sartoris visitara os cantos mais distantes da galáxia, vivendo em condições que não desejaria nem ao pior inimigo. Tivera que dormir em lugares e cometer atos indescritíveis, que daria órgãos inteiros para esquecer. Esse simples *sim, senhor* não teve sabor pior do que todo o restante.

– Estamos conversados, então? – perguntou Kloth.

– Claro – respondeu Sartoris, e Kloth deu-lhe as costas, logo em seguida.

A sala do diretor era maior do que qualquer outra na aeronave, mas permanecia pequena demais para Sartoris, e quando o ar mais fresco do corredor o tocou, o capitão reparou na quantidade imensa de suor acumulada nas axilas.

MENINOS MORTOS

— Fica aí olhando pra fora — disse Kale —, daqui a pouco vai acabar vendo alguma coisa de que não vai gostar.

— Já vi.

Trig estava estacionado em seu posto de sempre dentro da cela de detenção, fitando através das barras. Do outro lado do corredor, diretamente oposto a ele, os dois presos Rodianos que estiveram ali desde que ele, Kale e o pai foram trazidos a bordo fitavam-no de volta. Às vezes, resmungavam algo entre si num idioma que Trig não identificava, apontando para os irmãos e fazendo ruídos que lembravam risadas.

Agora, no entanto, apenas fitavam-no.

Pelo menos duas horas haviam passado desde que a *Purgação* entrara em total confinamento. Trig não sabia ao certo quando tudo acontecera. Era uma das primeiras coisas que o Império tirava de você quando tomava a sua liberdade: a noção do passar do tempo. Como resultado, Trig valia-se de seu corpo para saber quando era hora de comer, dormir e se exercitar.

Agora era hora de ter medo.

O barulho vindo do restante do corredor estava mais alto do que ele esperava. Parado ali perto das grades, Trig podia escutar vozes individuais, prisioneiros berrando na língua básica e outros idiomas, querendo saber por que a aeronave havia parado e quanto tempo levaria para tornar a navegar. O desvio da rotina os deixara inquietos e confusos. Alguém gritava, pedindo um pouco de água, outro queria comida — uma voz gritava e bramia um riso histérico sem sentido. Ouviu um rosnado sonoro, provavelmente um Wookiee, pensou Trig, embora a maioria dos que ele via a bordo se mantivessem em silêncio, a não ser que fossem ameaçados. Outro preso não parava de martelar uma peça de metal contra a parede da cela, um *bam-bam-bam* metódico e constante. Era de enlouquecer ficar ouvindo um negócio desse, pensou Trig; de perder a cabeça mesmo.

— Tá bem, agora chega! — interveio a voz de um guarda. — O próximo verme que soltar um pio vai direto pro buraco!

Silêncio, por um momento, bocejos… e então um risinho ansioso. Que incentivou outro, seguido por um guincho cantarolado selvagem, e todo o andar de detentos explodiu numa avalanche de tagarelice, mais alto do que nunca. Trig levou as mãos aos ouvidos e voltou-se ao corredor. Foi quando pulou para trás, surpreendido.

– Wembly – disse. – Que susto!

– Dois meninos mortos – disse o oficial Wembly com pesar genuíno. – E eu gostava de vocês, também. Caras legais. Não que isso conte muito nesse balde podre de lixo, mas... – O guarda suspirou. Era um homem gordo de cinquenta e tantos anos, o rosto mal arranjado, veias no nariz e linhas fundas cortando a pele logo abaixo dos olhos. Olhos feitos para chorar, uma boca feita para rir, ombros feitos para dar de ombros, Wembly era um milagre ambulante da autoexpressividade compulsiva. – Vou sentir muito a falta de vocês, com certeza.

– Do que você tá falando? – Kale perguntou.

Ouviu-se um clique, e uma voz sintética zumbiu em algum ponto atrás da cabeça de Wembly.

– Não estão sabendo? Aur Myss acabou de divulgar uma recompensa de dez mil créditos pelas suas cabeças.

Trig fitou a unidade BLX parada atrás do ombro de Wembly. Por algum motivo, o droide trabalhador adotara o guarda, seguindo-o a todo canto, e por motivos igualmente nebulosos Wembly o permitia. Por ser um dos mais antigos agentes de correção a bordo da *Purgação*, era de fato permitido que tivesse um droide assistente, embora Trig não conhecesse nenhum outro guarda, incluindo o capitão Sartoris, que de fato aturasse um.

– Dez *mil*? – Kale murmurou, de sua cama. – Ele tem toda essa grana?

– Não vai me dizer que está chocado. – Wembly parecia triste, e enlaçou a barrigona formidável com as mãos, quase dispéptico de incredulidade. – Por favor, não me diga isso. Você arrancou metade da cara dele; queria o quê?

– A metade feia. – Kale saltou da cama soltando um resmungo abafado. – Com certeza ficou mais bonito.

– Eu duvido muito disso – interveio o BLX. – Segundo a minha experiência...

Wembly cortou o droide sem hesitar.

– Ah, é, ficou mais bonito? Lembre-se de explicar isso pra ele enquanto os capangas dele cortam suas gargantas.

O guarda fitou do outro lado do corredor os presos Rodianos que olhavam através das barras, a intensidade desse olhar subitamente fazendo mais sentido para Trig. Pelo visto, esses aí já haviam até começado a gastar seus dez mil créditos.

– Ei, Wembly, você é um guarda – disse o garoto. – Isso não significa que você tem que tomar conta da gente?

– Essa foi boa, garoto, vê se escreve pra não esquecer. Caso não tenha notado, impedir que vocês pilantras detonem uns aos outros não é exatamente a descrição do nosso trabalho. O diretor considera isso poupar o Império do problema. – Ele apontou com a mão gorda o restante do andar de detenção, fora da cela. – Para os seus coleguinhas lá de fora, quando sairmos do confinamento, é hora de jantar os seus pobres pescocinhos.

– E você não pode fazer nada pra ajudar? – Trig perguntou.

– Ué, eu vim avisar vocês, não foi?

– Ele tem razão – ecoou o BLX. – Isso sem falar do risco que estamos correndo. Se o capitão Sartoris soubesse...

– Escutem – disse Wembly, mudando um pouco o tom, baixando a voz para quase uma desculpa –, agora eu tenho coisas mais importantes pra pensar. Estamos nos preparando pra mandar uma equipe de inspeção pra um destróier estelar. O diretor não fala nada, mas...

– Peraí – disse Kale. – Destróier estelar?

– O sistema de navegação encontrou um boiando por aí, abandonado. Acabamos de aportar. Kloth vai mandar uma equipe de inspeção pra coletar partes. Se não conseguirem achar alguma coisa que faça funcionar os propulsores principais, vai saber quanto tempo ficaremos parados aqui.

– O que me lembra, senhor – disse o BLX –, se não me engano, tenho um banho de óleo marcado para este tarde, se puder me dispensar por uma ou duas horas. Se não, eu posso muito bem...

– Fique à vontade – disse Wembly, seco, depois voltou-se para Kale e Trig. – Escutem, tenho que ir. Façam-me o favor de ficarem na miúda por enquanto, hein? Vou fazer tudo o que puder pra manter vocês vivos até chegarmos aonde estamos indo.

Kale assentiu.

– Obrigado – disse, mas dessa vez a gratidão soou sincera. – Sei que você corre perigo só de vir aqui nos ver. Somos muito gratos, né, Trig?

– Hein? – Trig fitou o irmão. – Ah, é. Muito.

O guarda meneou a cabeça e olhou de volta para Kale.

– Fica de olho nesse aí, viu?

– Sempre.

Wembly fez um bico.

– Vou passar aqui de novo na próxima vez que quiser ser maltratado. Se vocês viverem o bastante, o que eu duvido.

O guarda deu meia-volta e saiu andando, murmurando algo baixinho, um homem de largos quadris cuja cintura possuía uma relação única com a natureza giroscópica da galáxia. O BLX o seguiu, obediente. Quando guarda e droide viraram e desapareceram, Trig voltou a fitar o exterior da cela.

Do outro lado do corredor, os Rodianos continuavam encarando-o.

DESTRÓIER

Sartoris levou os demais escadaria acima, do andar da administração à estação do piloto da aeronave, que galgou até o elevador de acesso. Era um cilindro que o fazia sentir um aperto na garganta, principalmente agora que ele estava cercado por nove homens – Austin, Vesek, Armitage, quatro engenheiros mecânicos e um par de stormtroopers que chegaram na última hora como se fossem donos do lugar.

Kloth resolvera enviar seus soldados junto da equipe de inspeção apenas um pouco antes de saírem. Sartoris ficou se perguntando o que fizera o diretor mudar de ideia. Se havia *algo* a bordo do destróier com que deviam se preocupar, dois stormtroopers não fariam muita diferença.

Mas não tem nada com que se preocupar lá, Sartoris disse a si mesmo, soltando o pensamento como uma pedra no poço profundo do seu inconsciente, esperando ouvir algo como um intrigante *plim* em resposta. O silêncio que retornou não foi exatamente encorajador.

O elevador os içou com vigor, e Sartoris olhava as fracas luzes verdes metralhar os rostos dos outros homens, procurando algum eco de suas próprias apreensões. Contudo, a expressão dos demais eram máscaras de indiferente neutralidade, a obediência num rarefeito estado psicológico. Sartoris supôs que deveria ser grato por ter consigo guardas que apenas seguiam ordens em vez de questioná-las. Trabalhara com os dois tipos no passado e infalivelmente preferira a companhia dos primeiros – pelo menos, estranhamente, até aquele momento, quando uma parte dele bem que apreciaria um pouco de resistência quanto à natureza do destino que os aguardava.

Foi Austin, previsivelmente, quem finalmente rompeu o silêncio.

– O que acha que aconteceu lá, capitão, que deixou vivos só dez seres a bordo?

– O diretor diz que não existe contaminação – disse Vesek. – Então deve ser uma disfunção da nossa parte.

– Então por que eles nunca respondem?

– Vai ver o equipamento de comunicação deu problema junto com os bioescâneres.

– Negativo. – Um dos engenheiros, Greeley, balançou a cabeça. – A comunicação está em ordem. Os bioescâneres também. Tudo funcionando. – Ele olhou para o alto. – É só uma nave fantasma, nada mais.

Austin fitou o homem.

– O quê?

– Abandonada, sabe? As naves param, são abandonadas pela frota, deixadas pra trás. O Império não gosta de falar disso, mas existem muitas assim.

– Então cadê a tripulação?

– Evacuou – disse Greeley. – Ou... – O homem umedeceu os lábios e tentou afastar os maus pensamentos. – Vai saber.

– Ótimo. – Vesek suspirou. – Vamos abordar um destróier que não voa por conta própria em busca de partes úteis. Essa missão tem a cara do Kloth. – Ele revirou os olhos para Sartoris. – Tem algum plano maior em andamento aqui, capitão, ou a gente está improvisando mesmo?

– Quando chegarmos lá – disse Sartoris –, quero formar dois grupos de cinco. Vesek, seremos você, eu e Austin com Greeley – ele apontou para um dos engenheiros e ao homem ao lado dele – e Blandings. O resto, Armitage, Quatermass, Phibes, fiquem com os troopers. Vamos nos reencontrar no elevador de acesso em uma hora.

– Quer que um de nós vá com você? – perguntou um dos stormtroopers.

– Por que eu ia querer?

O trooper brandiu o rifle.

– Por via das dúvidas.

Sartoris podia sentir Vesek e Austin fitando-o, aguardando sua resposta.

– Acho que vamos ficar bem – disse. – Fique com o grupo de Armitage e me informem do que encontrarem.

– O que exatamente vamos procurar? – Austin perguntou.

– Eu subi uma lista das partes em cada um dos seus datalinks junto de uma planta detalhada do pátio do destróier e dos andares de manutenção. Não preciso dizer que é uma nave grande. Mantenham contato via comlink o tempo todo. Não quero ter que mandar equipes de busca atrás das minhas equipes de busca. Entendido?

A plataforma parou de se mover tempo o bastante para que a escotilha acima deles se abrisse com um fraco sibilo hidráulico. Então, o elevador terminou de subir até a doca de pouso.

* * *

Primeiro, ninguém disse nada.

Sartoris achava que estaria preparado para aquele tamanho todo, mas depois de dois sólidos meses a bordo da *Purgação*, ele ficou simplesmente estupefato com o que esperava por ele ali. Na verdade, nunca tinha posto os pés num destróier antes, embora tivesse visto naves de guerra menores do Império e suposto que essa seria como as outras, só que maior. Mas não era. Era quase como um planeta.

O elevador de acesso tinha levado o grupo para dentro da catedral de metal do cavernoso hangar principal do destróier, cujos tetos e paredes em painéis seguiam para cima e para fora num êxtase de perspectiva forçada. Enquanto fitava aqueles longos planos que culminavam num ponto de fuga difícil de enxergar, Sartoris lembrou-se de que estava vendo menos de um décimo dos 1600 metros do destróier. Era preciso manter esse valor em mente caso não quisesse passar todo o tempo que teria a bordo brigando com a enormidade da nave.

O capitão respirou fundo – o ar frio tinha sabor de lascas de metal e o cheiro estéril de polímeros de cadeia longa recém-saídos da caixa – e soltou o ar. Para um homem que tinha horror a lugares apertados, estar ali devia agir como um tônico. Contudo, em vez de alívio ele sentiu uma nova espécie de pânico arcano palpitando na boca do estômago, dessa vez em reação ao aparentemente ilimitado piso de espaço puro. Ele gemeu perante tamanho absurdo. Pelo visto, passara da claustrofobia à aversão por salões num salto, sem nem ter tempo de apreciar a diferença.

– Há, capitão?

Sartoris nem se deu o trabalho de olhar.

– Que foi, Austin?

– Com todo o respeito, senhor, acho que vamos precisar de mais de uma hora pra vasculhar tudo isso.

– Siga o plano – disse ele. – Vamos começar com uma hora e checar de novo. Reportem qualquer coisa fora do comum.

– O lugar todo é coisa fora do comum – Austin murmurou, e um dos engenheiros, Greeley, pensou ele, soltou um risinho áspero.

– Anda – disse Sartoris –, vamos. Estamos perdendo tempo.

– Espere um segundo, capitão. – Vesek apontou a direção oposta. – O que é aquilo tudo ali?

Sartoris olhou atrás de si e viu o que pareciam ser naves menores de ataque e pouso espalhadas por todo o piso do hangar.

– Aeronaves – disse ele. – Caças TIE, pelo visto.

– É, mas aqueles ali não parecem nem um pouco com TIEs, chefe.

Sartoris olhou com mais atenção e viu que Vesek tinha razão. Havia *sim* naves TIE ali, mas havia também quatro ou cinco naves misturadas – aeronaves de carga e transporte de longo alcance, junto do que poderia ser uma espécie de corveta corelliana modificada.

– Aeronaves inimigas capturadas – disse Sartoris, disfarçando a incerteza com impaciência. – Vai saber. – Ele lançou um olhar para Greeley. – Alguma delas tem as partes de que precisamos?

– Não devem ter.

– Então… – Ele parou.

Todos viram ao mesmo tempo. Alguma coisa do outro lado do deque estava se mexendo por detrás dos caças TIE. As sombras avultavam-se à frente, arrastando-se pelo deque na direção deles. Atrás de si, o capitão tinha certeza de que os troopers já posicionavam suas armas de raios.

– Que é aquilo? – Austin sussurrou.

– Não tem registro de nenhuma forma de vida no deque de carregamento – disse Greeley, a voz ligeiramente trêmula. – Eu não…

– Esperem. – Sartoris ergueu uma mão sem olhar para os demais. – Esperem aqui.

Deu um passo à frente, avançando no silêncio que os circundava, pendendo a cabeça para enxergar melhor o hangar parcamente iluminado. O coração batia forte – ele o sentia no pescoço e nos pulsos –, e, quando tentou engolir saliva, a garganta recusou-se a cooperar. Foi como tentar engolir um bocado de areia. Somente por pura força de vontade ele conseguiu evitar tossir.

Parado, imóvel, Sartoris estreitou os olhos para ver as coisas que espreitavam nas sombras atrás dos caças TIE. Havia diversos deles, ele reparou, avançando curvados e com membros pendurados balançando, o ruído familiar de braços mecânicos acompanhando o constante movimentar para cima e para baixo.

– Capitão – um dos guardas murmurou, atrás dele –, são...

Sartoris exalou, depois tragou o ar gelado.

– Carregadores binários – disse ele. – Ainda cumprindo suas rotinas.

Assim que ele disse isso, uma das unidades CLL entrou totalmente no campo de visão do grupo, encarando-os sem vida por um momento antes de girar e pisar duro até a pilha de caixas que aumentava atrás de si. Movia a mesma pilha de um canto do hangar ao outro, pensou Sartoris, de lá para cá, eternamente.

Ele escutou alguém soltar um suspiro e um risinho nervoso. Sartoris mal prestou atenção. Seria muito como reconhecer o alívio que ele também sentia.

– Já perdemos tempo demais – disse. – Vamos andando.

Encontraram o hovercraft numa porção mais distante do hangar. Era o modelo de utilidade padrão, uma coisa gorda com pinças e braços mecânicos na frente e atrás construída para transportar pacotes de combustível, mas quando todos entraram a bordo, a coisa desabou no chão. Um par de droides MSE assustados dispararam de debaixo dali, guinchando desesperadamente, e desapareceram na escuridão.

– Sobrecarga – disse Vesek com a exasperação dos desafortunados. – Pelo visto, vamos ter que andar.

No começo não foi de todo ruim. Para alcançar os andares de manutenção, tiveram que caminhar por uma série de amplos e silenciosos corredores na porção central do destróier, até que encontraram o caminho que levava aos cavernosos deques de armazenamento abaixo do gerador de energia primário.

– Que lugar mais esquisito – murmurou Austin, a voz soando solitária dentro do comprido túnel. – O que acham que aconteceu?

– Vai saber – disse Vesek. – Seja o que for, quanto antes sairmos, mais feliz vou ficar.

– Com certeza.

– Te digo uma coisa, eu não queria estar perto do Lorde Vader quando ele descobrir que abandonaram a nave. Quanto deve custar pra substituir um destróier?

Austin bufou.

— Mais créditos do que você e eu vamos ter na vida toda.

— Já contei que o vi pessoalmente uma vez?

— Quem, o Vader?

Vesek fez que sim.

— Meu transportador ia sair pra uma inspeção de rotina. De repente, meu comandante começa a surtar e leva a gente às pressas ao deque de decolagem, arrumando tudo, pra garantir que o local esteja um brinco. Antes que eu me dê conta, estamos em fila no hangar, e o transportador dele pousa e ele aparece.

— Como ele é ao vivo?

Vesek ponderou.

— Alto.

— Ah, é?

— E você sente um negócio quando olha pra ele. Tipo, sei lá... frio por dentro. — Vesek sentiu um calafrio. — Mais ou menos como a gente se sente aqui dentro, na verdade.

— Chega — disse Sartoris. — Vamos parar de brincadeira.

O pedido de silêncio provou-se desnecessário, no fim das contas. Quando chegaram na metade da aeronave, a conversa havia secado completamente e os homens mergulharam num silêncio pensativo e sorumbático.

Sartoris mergulhava cada vez mais fundo nos andares de manutenção quando reparou que simplesmente não se acostumaria a estar ali.

Ele e Vesek demoravam-se num dos corredores secundários enquanto os engenheiros entravam numa subestação de energia do outro lado da escotilha aberta. Dava para ouvi-los ali pegando peças e largando-as de volta. O outro guarda, Austin, fora vasculhar uma série de câmaras interconectadas adjacentes, tagarelando sobre como pareciam caminhar ao infinito, e Sartoris foi forçado a concordar com o rapaz.

O vazio dentro do destróier era tão desorientador quanto enervante — haviam já caminhado quase um quilômetro de amplos corredores inabitados para chegar ali, a cada curva esperando encontrar o último sobrevivente cambaleando na direção deles, aos frangalhos. Até o momento, tudo o que haviam encontrado era um zoológico de droides ratos e unidade zeladoras, droides de limpeza e instalação, todos cuidando de seus afazeres como se nada tivesse mudado. Um deles – um droide de protocolo, uma unidade 3PO – quase levou um disparo quando apareceu na frente dos troopers com as mãos erguidas, balbuciando algo sem sentido.

Sartoris não parava de pensar no que o engenheiro, Greeley, dissera sobre as naves fantasmas. Embora houvesse energia, e luzes e painéis estivessem totalmente ativados, não havia traços de tripulação nem dos dez mil troopers que deviam estar ali. Havia apenas silêncio, quietude e vazio crepitando suavemente em torno deles no vácuo do espaço.

– Acharam tudo de que precisamos aí dentro? – perguntou Sartoris, escutando sua voz rolando corredor à frente. – Checou o outro grupo?

– Chequei faz algum tempo.

– Veja se consegue saber deles. Quero sair logo daqui.

Fazendo que sim, o outro guarda clicou seu comlink.

– Armitage, aqui é o Vesek, tá na escuta?

Não houve resposta, apenas o crepitar da estática.

– Armitage, aqui é o oficial Vesek. Pode me ouvir? Cadê vocês?

Ambos esperaram, por tempo demais, pensou Sartoris, mas dessa vez chegou a resposta de Armitage, mas era um som fraco, que aparecia e sumia.

– *... laboratório... quadrante dezesset...*

– Não entendi, Armitage. Repita.

– *... no... tanque...*

O restante foi perdido sob uma onda espumante de ruído branco. Vesek meneou a cabeça e olhou para Sartoris.

– Estamos pegando muita interferência vinda de algum ponto do destróier.

O capitão assentiu e foi bater no anteparo ao lado da escotilha.

– Greeley, vai demorar quanto?

O capitão enfiou a cabeça lá dentro, parou, depois olhou com mais atenção.

Os engenheiros haviam sumido.

Exceto por uma pilha qualquer de componentes integrados e caixas de papelão espalhadas pelo chão, a câmara estava completamente vazia – ou pelo menos parecia estar. Sartoris sentiu uma única gota de suor alcançar a superfície debaixo do braço esquerdo e rolar para baixo. A sala parecia quente demais, moléculas de ar comprimidas muito juntas umas das outras.

— Greeley? Blandings?

Não houve resposta. Uma bolha do tamanho de uma bala, feita de alguma coisa, talvez medo, abriu caminho pela garganta dele até alojar-se sob o esterno. *Estão mortos aqui*, balbuciou uma voz dentro dele. *Seja lá o que dizimou a tripulação, pegou-os também. É tarde demais.*

Bobagem, claro — não havia sinal algum de ataque ali, contudo…

— Aqui — disse Greeley, surgindo atrás de uma das caixas, seguido imediatamente por Blandings. — Peguei o último. — Ele ergueu uma haste comprida de equipamento eletrônico um pouco mais comprida que seu dedo e colocou na caixa que encontrara. — Podemos ir.

— Só isso? — Sartoris rogou para que sua voz soasse mais segura do que ele se sentia.

— Afirmativo. Chapa de calço para afinação primária para propulsor de Série Quatro, classe thrive. Testei e deu certo. Podemos ir.

— Tem certeza?

Greeley lançou ao capitão o olhar pesaroso que reservava aos que questionavam seu julgamento em tais minúcias.

— Sim, capitão. Certeza absoluta.

— Certo, beleza. — Sartoris virou-se. — Austin?

— Senhor?

A voz do guarda veio de mais ao longe no corredor, mais distante do que Sartoris esperava. Até onde teria ido o rapaz? Sartoris sentiu a raiva retornando, cobrindo-o numa onda vermelha.

— Volte aqui agora, estamos indo embora.

— Tá, mas senhor… — Austin ainda não tinha voltado ao corredor. — Você tem que ver isso aqui, é inacreditável, eu…

As palavras culminaram numa série de tosses secas e curtas, e Austin finalmente emergiu, balançando a cabeça e cobrindo a boca. O oficial conseguiu finalmente recobrar o fôlego e parou de tossir, momento em que a equipe já estava a caminho do hangar principal, e Jareth Sartoris nunca chegou a descobrir o que Austin vira lá atrás.

JANELAS PULMONARES

Armitage era um artista.

Em sua casa, em Faro, ele deleitava os irmãos e irmãs mais novos com inúmeros murais de tinta spray, mas seu talento era amplamente desperdiçado no Serviço de Correção do Império – no máximo, seus colegas pediam representações da forma feminina, ou pior, de máquinas, de suas amadas speeders e flitters que deixaram em casa. Armitage odiava desenhar máquinas. Foi o bastante para fazê-lo largar totalmente a arte… e isso dizia muito de um garoto que sonhara em estudar no Conservatório de Artes Pangaláctico de Miele Nova.

Contudo, quando viu o que havia no biolaboratório 177 do destróier, ele simplesmente teve que pintar.

Havia se separado dos troopers e engenheiros, Phibes e Quatermass, na ponta do outro corredor, principalmente para checar o depósito de suprimentos do subnível doze, contente por ter uma desculpa para se afastar deles. Quanto tempo dava para aguentar gente reclamando da comida do refeitório ou especulando qual parte do corpo Zahara Cody lavava primeiro no chuveiro? E caso ele não participasse de tão requintada conversação, os troopers e guardas começavam a tirar sarro dele, perguntavam o que havia de errado, se ele não gostava de trabalhar ali. Talvez ele seria mais feliz ajudando os Rebeldes a planejar mais um de seus ataques covardes contra o Império.

Dar uma olha no biolaboratório, por mais tedioso que acabasse sendo, teria de ser melhor do que o que estava fazendo antes.

Mas o biolaboratório não estava um tédio.

A primeira coisa que Armitage notou quando passou pela escotilha foi o tanque. De certo modo, foi a única coisa que ele viu, porque depois disso ele simplesmente parou de olhar. O conteúdo era simplesmente arrebatador e – de modo bizarro – bonito demais para não prestar atenção.

O tanque em si era imenso, chegava quase ao teto, preenchido com algum tipo de gel claro borbulhante. Suspensos lá dentro estavam dezenas de organismos rosa de formato estranho com fios e tubos ligados a um grupo de equipamentos que zumbiam, empilhados ao lado do tanque. Armitage, que já estava imóvel, pôde apenas admirá-los, abismado. Naquela distância, as coisinhas rosa pareciam um improvável híbrido de flor, fruta descascada e algum tipo de animal alado embriônico que ele jamais vira – lembravam um bando de anjinhos.

Então ele se aproximou e compreendeu o que estava vendo.

Eram pulmões humanos.

Se sentiu um tremor de repugnância, o perpassou tão suavemente que ele mal reparou, e foi suplantado imediatamente por uma sensação mais profunda e inspiradora de fascinação artística. Em cada par, todo o trato respiratório havia sido cuidadosamente limpo para preservar a traqueia e, acima, a laringe e todos os mais delicados órgãos do som. Tubos bombeavam oxigênio para dentro dos pulmões, fazendo-os expandir e contrair naquele límpido banho.

Armitage reparou que todos respiravam juntos.

Ele contou 33 pares de pulmões no tanque antes de desistir e parar de contar. Cada um tinha um rótulo com números e datas, parte de algum experimento científico abandonado cuja natureza ele podia apenas imaginar.

Alguns dos pulmões eram diferentes. A superfície rosada ganhara uma tonalidade acinzentada em certos pontos; a parede muscular havia engrossado, formando o que pareciam ser cicatrizes cinza. Armitage aproximou-se – não tinha mais ciência alguma de si mesmo – e fitou-os. Estavam respirando mais rápido, ou era só impressão dele? E *ele* também estava respirando junto? Era como se ele tivesse sido tragado pelo o ritmo maior, quase hipnótico, do movimento dos órgãos.

Como sempre, quando perante algo tão inatamente arrebatador, o primeiro desejo do rapaz foi pintar, capturar o que via à sua frente. Não somente o banho dos pulmões – *nada mal para o título do quadro*, pensou ele –, mas a emoção que sentira quando compreendera o que estava vendo. Assombro. Choque. E também uma espécie de familiaridade inconsciente, como algo que algum dia vira em sonho.

Observando-os sugando oxigênio pelos tubos, o rapaz notou que os pulmões respiravam mais rápida e profundamente. Em algum ponto do outro lado do tanque, uma máquina soltou um bipe, e repetiu. Olhando mais de perto, Armitage reparou pela primeira vez no conjunto de tubos de borracha que partiam dos pulmões. Pareciam bombear uma espécie de fluido cinza espesso para um conjunto de tanques negros do outro lado do laboratório.

Luzes piscaram num conjunto de equipamentos de monitoramento do outro lado do tanque. Os pulmões incharam e encolheram, incharam e encolheram, cada vez mais rápido.

Subitamente, numa inspiração profunda, pararam.

E, em uníssono, gritaram através dos tubos.

Foi um guincho distorcido que se ergueu e baixou, e fez Armitage cambalear para trás com sua intensidade. Nunca na vida o rapaz ouvira um grito daquele. Ele cobriu os ouvidos e baixou a cabeça. Não queria mais ficar naquele lugar. O comlink preso à sua cabeça crepitava… a voz de algum outro guarda tentava alcançá-lo, mas ele mal compreendia o que se passava. Queria fugir.

Dentro do tanque, o barulho persistia, aumentando e diminuindo. O líquido cinza era bombeado mais rápido agora, sifonado para os tanques pretos. Armitage reparou que cada uma das saídas de som havia sido conectada a uma espécie de amplificador, tornando o som ainda mais alto, e ele se perguntou quem estaria estudando a capacidade vocal daqueles órgãos e por quê. Atrás dele, um conjunto de monitores mostrava uma onda representando o grito, mapeando-o como uma série de funções matemáticas.

Ele se virou em direção à porta.

E percebeu que não estava sozinho.

Descida

– Não entendo, capitão – disse Vesek. – Aonde eles iriam?

A equipe de Sartoris havia acabado de percorrer a pradaria de aço brilhante do hangar principal e chegara de volta ao elevador de acesso, mas Armitage e seu time não estavam em lugar algum.

Atrás de si, o capitão escutou Austin tossir mais uma vez – o ruído ranhoso do pulmão ressecado estava começando a lhe dar nos nervos – e resolveu que bastava. Ele apontou para o elevador.

– Devem ter voltado sem nós – disse. – Vamos.

Vesek e Austin entraram no elevador, que aguardava, e Sartoris foi depois deles, seguido por Greeley e Blandings com a caixa de componentes coletados. O elevador selou-se quando passaram, e a plataforma começou sua lenta descida. Austin não parava de tossir. Sartoris tentou ignorá-lo. Teria que fazer um relatório para o diretor sobre o destróier estelar e não estava nem um pouco a fim. Sem dúvida Kloth faria todo tipo de pergunta irrelevante sobre a nave e o que viram lá; cada minuto seria um teste de paciência para Sartoris. Fazer perguntas desnecessárias era um dos tiques nervosos do diretor quando se sentia pressionado a tomar uma decisão, e...

– Oh, não – disse Greeley.

Sartoris fitou-o.

– Que foi?

O engenheiro começou a dizer algo, depois largou a caixa de peças, agarrou o estômago e curvou-se soltando um resmungo rouco. Sartoris viu o homem vomitar com os ombros sacudindo em violentos espasmos involuntários. Blandings e os demais se afastaram do engenheiro, murmurando com surpresa e nojo, mas não havia muito espaço no elevador, e em questão de segundos o cheiro já o havia preenchido por completo.

– Desculpa – disse Greeley, limpando a boca. – Porcaria de comida do refeitório, não dá...

– Fique aí mesmo. – Sartoris ergueu as mãos. – Você pode se limpar quando voltarmos pra nave.

– Eu tô legal, é só que...

O engenheiro engoliu saliva e puxou o ar profundamente. Seus olhos e nariz estavam cobertos de lágrimas, e Sartoris pôde ouvir um chiado baixo em seu peito quando o homem sugou um pouco de ar. Atrás de si, Austin pusera-se novamente a tossir.

– Capitão. – A voz de Blandings estava fraca quando ele olhou de volta na direção de onde vieram. – Não acha que tinha alguma coisa lá em cima… acha?

– Os diagnósticos de contaminação deram negativo – Sartoris disparou de volta; brusco demais, ele notou. – Foi o que você disse, não foi, Greeley?

Greeley fez que sim, tentou responder, mas achou melhor não. A pele dele havia ganhado um tom definitivamente esverdeado, e brilhava com uma fina e gordurosa camada de suor. Um momento depois ele caiu de joelhos ao lado da caixa de eletrônicos e baixou a cabeça até quase tocar o piso.

Quando chegaram de volta à nave, Vesek e Blandings também começaram a tossir.

TRIAGEM

– Calma aí, tô indo.

Zahara seguiu o 2-1B pelo centro médico até a cama onde um guarda chamado Austin amparava a cabeça entre os joelhos. Tinha chegado junto de outro guarda e uma dupla de engenheiros da manutenção. Waste fizera uma triagem de especialista, designara camas para cada um e começara a trabalhar em Austin, que parecia estar em pior condição.

– Obrigada – Zahara disse ao 2-1B. – Vá checar os outros. – Sentando-se na cama ao lado de Austin, a médica nem esperou que ele notasse a presença dela. – Como se sente?

Ele a fitou, sério.

– Quero falar com o droide.

– Meu droide cirurgião está ocupado com seus colegas – disse Zahara. – O que aconteceu lá em cima?

– E você se importa?

– É o meu trabalho. Quantas pessoas foram lá com você?

Austin não respondeu. Uma dupla de riachos de ranho amarelado grosso vazava do nariz dele, descendo pelas laterais do lábio superior, e ele os limpou com a manga da camisa, depois começou a tossir de novo contra o punho, um barulho surdo e rouco.

– Olha – disse Zahara –, tenho outros presos doentes pra cuidar. Então que tal parar de graça pra podermos fazer você melhorar?

– Você é osso duro – disse Austin –, sabia?

– Já fui chamada de coisa pior.

– Você e seus *presos doentes*. Aposto que você... – O rapaz entrou em novo acesso de tosse. Zahara se inclinou para trás, vendo o guarda borrifar o ar ao redor com gotículas microscópicas. Ele virou a cabeça para tornar a fitá-la. – ...Aposto... você deve... – Mais tosse, agora mais forte. – Você não passa de...

– Quer saber? – disse ela. – Você vai ter tempo suficiente pra me chamar do que quiser depois. Que tal se deitar e me deixar examinar você?

Austin fez que não.

– Chame o droide. Não quero que você me toque.

– Não seja idiota. Você...

– Chame o droide.

Bastava. Zahara levantou-se.

– Que seja.

– O capitão Sartoris tinha razão sobre você, sabia? – disse, enquanto a moça se afastava.

– Como?

– Você é gente boa com os presos. Aposto que se eu fosse um rebelde você me trataria como se não tivesse mais pacientes. E se vier com uma história triste junto, você fica toda ouvidos.

– Uau. – Ela quase se sentiu impelida a responder dando um showzinho de raiva. – Seu capitão me conhece muito bem, não?

– Ele é um cara legal.

– Claro – ela disse, casual. – E ainda por cima mata presos.

Austin soltou uma série de tossidas explosivas, depois pigarreou e soltou o ar, fazendo muito ruído.

– A decisão não era sua.

Zahara virou-se para fitar o guarda.

– Deixa eu falar uma coisa sobre o seu heroico capitão. Ele estava em apuros muito antes do que aconteceu com Von Longo. Até o diretor sabia disso. Não importa o que ele foi um dia; agora ele é um resquício de ser humano, um sociopata claustrofóbico com... – Ela parou de falar quando reparou que Austin sorria para ela com malícia, um sorriso sutil e traiçoeiro. – O que o capitão Sartoris fez a Longo aqui no meu centro médico foi apenas o produto final de uma longa e desastrosa decaída.

– E foi aí que você começou a gostar mesmo dele, né? – Austin perguntou, o sorriso ainda aberto naquele rosto adoentado. – Você gosta deles sofrendo, carentes. É isso que te atiça, né?

A médica sentiu o pescoço começando a corar e subitamente teve certeza de que Austin reparara.

– Se você diz.

– Não sou só eu que acho.

– Dra. Cody? – chamou uma voz sintética. – Está ocupada?

Ela virou e viu o 2-1B acenando para ela do outro lado da enfermaria. Na cama ao lado, um dos novos pacientes – ela pensou ter visto o outro guarda,

Vesek – parecia estar tendo uma convulsão. Os dois engenheiros e o trooper que os acompanhara estavam sentados, assistindo à cena com um misto de asco e receio.

– Já vou.

Quando chegou ao lado da cama, Vesek começava a deslizar para fora, apesar dos esforços do droide cirurgião para contê-lo. O rosto do guarda havia passado para um pálido quase translúcido, e os olhos tinham virado para dentro da cabeça enquanto o restante do corpo sacudia e chacoalhava erraticamente, como se respondesse a uma corrente elétrica de alta voltagem. Então, sem aviso, ele caiu de costas, a boca abriu-se e emitiu um grunhido incompreensível, e um jorro quase sólido de sangue arterial brilhante disparou para o alto feito um gêiser.

– Cuidado.

Zahara ergueu as mãos para proteger a si e os engenheiros sentados ao lado dela. Do outro lado da cama, o 2-1B continuava a manter Vesek no lugar. Quando ele ergueu a cabeça, ela viu as placas e sensores visuais do robô cobertos de sangue. Vesek desabou de costas sobre os lençóis manchados, como se o ato de vomitar lhe tivesse drenado toda a vontade de se debater.

– Coloque-o na bolha – disse Zahara. – Todos eles, os guardas, engenheiros, todo mundo que voltou daquele destróier, separe-os do outros pacientes. Agora.

Os sensores do 2-1B já haviam se clareado e se voltavam para a médica com atenção.

– Sim, dra. Cody.

– Faça exames, toxicológico completo, descubra ao que eles foram expostos.

– Mais alguma coisa?

Ela forçou-se a parar e pensar, fazendo um inventário em sua mente.

– Acho melhor contarmos ao diretor o que está havendo. Ele vai querer notícias.

– Agora mesmo.

– Espere – disse Zahara –, eu mesma vou cuidar disso.

Ela não esperou que o droide cirurgião começasse a dar instruções aos engenheiros. Os rostos dos homens estavam pintados com o sangue de Vesek, e pareciam todos muito assustados, com mais medo que nojo.

– Você – disse a médica, lendo o nome no distintivo do homem –, Greeley, quantos homens entraram no destróier estelar?

– Duas equipes de cinco – respondeu Greeley –, mas…

– Onde estão os outros seis?

– Voltaram antes de nós.

Na cama, Vesek soltou um resmungo gutural e mudou de lado, rolando e ficando de costas para os demais. Os outros dois homens fitaram-no com expressões idênticas de pânico conforme o droide os levava.

– Ei, doutora, qual é a novidade?

Ela se virou e viu que Gat, o Devaroniano, tinha saído da cama e ido até lá vê-la. Ele fitava o guarda sobre a cama lotada de sangue, dedando o chifre quebrado com a compulsão inconsciente de alguém que fica cutucando com a língua o vazio de um dente arrancado.

– Nada com que se preocupar.

– Ouvi dizer alguma coisa de bolha.

– Só quero me certificar – disse Zahara –, até controlarmos melhor a situação.

O Devaroniano inclinou a cabeça e fez que sim.

– Se eu puder ajudar, me avise, viu?

– Obrigado, Gat. Vou me lembrar disso.

Sem pensar, ela pôs a mão no ombro do preso e sentiu outro par de olhos fitá-la do outro lado da sala.

Austin a observava.

E sorria.

A médica retornou à sua mesa, clicou no console e viu o rosto de Kloth materializar-se na tela à sua frente. Algum tipo de defeito no contraste tornara a imagem clara demais, fazendo-a parecer apagada e monocromática. O homem estava sentado à mesa, a janela atrás dele parcialmente eclipsada pela massa gigantesca que era o destróier estelar logo acima. Bloqueava mais estrelas do que ela esperava e dava a estranha sensação de terem chegado ao seu destino.

– Dra. Cody? O que foi?

– Estou aqui com quatro dos homens da equipe de inspeção.

– Como estão?

– Nada bem. Vou colocá-los na bolha de quarentena. Onde está o capitão Sartoris?

– No quarto dele, suponho. Mas, dra. Cody...

– Preciso colocá-lo lá também – ela disse. – E quanto aos outros cinco?

– Essa é a questão. – Kloth balançou a cabeça, e foi então que ela reparou que a palidez do rosto do homem não tinha nada a ver com o monitor. – A segunda equipe não retornou.

MAPA VERMELHO

Sartoris sonhava quando alguém o acordou batendo na porta.

No sonho, ele continuava perambulando pelo destróier, sozinho. O restante da equipe – Austin, Vesek, Armitage, os engenheiros e os troopers – havia morrido. Alguma coisa a bordo do destróier os pegara, um por um. A perda de cada homem fora marcada por um grito, seguido por um *estalo* nojento que Sartoris parecia sentir tanto quanto ouvir.

O capitão continuava andando, tentando ignorar uma coceira enervante que se espalhara por toda a pele da barriga como uma alergia. Ele sabia que era apenas questão de tempo até que a fera, fosse o que fosse, viesse atrás dele. Não demoraria a conhecer sua verdadeira cara, se é que tinha uma. Talvez não tivesse; talvez fosse apenas a moléstia personificada, um vazio sem cérebro esfomeado que sugava vida.

Um labirinto de corredores apresentava-se diante dele, e Sartoris vacilava ao caminhar. Estava perdido, e sabia disso. Nem sabia ao certo se caminhava na direção da coisa ou para longe dela. A pele em torno do abdômen coçava ainda mais, e ele parou para coçar e sentiu algo impresso na própria carne, feito uma tatuagem ou um monte de rugas. Sua versão onírica ergueu a barra da camisa e olhou para a pele da lateral do corpo, vendo que de fato havia algo impresso ali, uma espécie de mapa – um mapa do destróier estelar. Os diagramas desaparecem, mergulhando dentro da pele dele, e ele compreende que teria de se abrir para poder ler. Com nervos de aço, o capitão cravou os dois primeiros dedos da mão direita e meteu-os o mais forte que pôde dentro do músculo acima do quadril, ignorando a fisgada gelada de dor e fincando mais a fundo para descascar a camada de tecido exterior. A gordura soltou-se do corpo dele com gosmenta facilidade. O sangue jorrou, quente e fumegante, correu pelas pernas e invadiu suas botas.

Quando acordou, um grito escapando dos lábios, a pessoa já não mais batia, mas socava a porta.

Ele se sentou, sentiu um arrepio, como se estivesse todo molhado, e por um instante, nauseado, achou que ainda estava sangrando. Contudo, a umidade quente grudada à sua pele era apenas suor – que colara o cabelo na testa e o uniforme nas costas. A única parte de seu corpo que não estava molhada era o interior da boca, seca feito areia.

Ao abrir a porta do quarto, viu dois guardas com trajes de quarentena alaranjados e máscaras ali em pé, como se fossem refugiados que escaparam de seu sonho interrompido.

– Capitão Sartoris?

Ele hesitou.

– Que foi?

– Senhor, fomos instruídos a levá-lo à enfermaria.

– Por quê?

Uma pausa, e então:

– Temos ordens, senhor.

– De quem? – Sartoris perguntou, mas resolveu facilitar. – Do diretor ou da dra. Cody?

Os guardas entreolharam-se. O reflexo dos visores dos capacetes dificultou saber quem respondeu.

– Não tenho certeza, senhor. Mas...

– Quem deu a ordem pra se equiparem? – perguntou Sartoris, mas já começava a pensar na tosse de Austin e no vômito de Greeley, e nos outros, todos eles.

Era tarde demais, mas ele desejou ter consultado o diretor Kloth sobre a outra equipe antes de voltar a seus aposentos. Fora um pequeno ato de provocação que lhe explodiu na cara, mais uma decisão equivocada numa longa e autodestrutiva cadeia de escolhas questionáveis. Ele deveria ter feito seu relato antes de mais nada, suprimindo a agitação e pondo fim no assunto.

– Melhor vir conosco, senhor.

Sartoris deu um passo adiante na tentativa de identificar os homens por trás das máscaras.

– Estou me sentindo bem – disse, e, embora fosse verdade, parecia mentira, talvez por causa da reação dos guardas: quando ele avançou, ambos deram um passo para trás.

– Como estão Austin e o engenheiro, Greeley?

– Austin morreu, senhor. Faz mais ou menos uma hora.

– O quê? – Sartoris ficou pasmo, sentiu um soco no estômago. – Não é possível. Eu acabei de falar com ele. – Fazia quanto tempo que estivera dormindo? Um pensamento ocorreu-lhe, então; a desesperada compreensão de algo que ele teria de enfrentar, mais cedo do que tarde. – E quanto a Vesek?

– Não sei dizer, senhor. Estão todos em quarentena. Acho que... – O guarda, que ele finalmente identificara como o novato chamado Saltern, deu outro passo para trás. – Talvez seja melhor você vir e falar com ela pessoalmente.

– A dra. Cody, você quer dizer.

– Sim, senhor.

Sartoris não fez mais perguntas. Saiu, e sentiu que os guardas caminhavam um pouco distantes dele.

– Eu sei o caminho até a enfermaria, Saltern.

– Temos ordens para acompanhá-lo, senhor.

Caso eu fuja, pensou Sartoris. *Talvez eu deva fugir mesmo.*

Contudo, ele havia falado a verdade: sentia-se muito bem. A coisa que acometera os outros homens no destróier não o tocara. Era um fenômeno localizado, e ele não permitiria que o alcançasse.

Você não vai ter escolha.

– Vamos subir – disse. – Tenho que falar com Vesek.

LONGA MEIA-NOITE

Os Rodianos ficaram doentes.

Trig via-os dentro da cela em frente à dele, largados nas camas, trocando de posição apenas esporadicamente. Embora fosse de fato enervante quando o ficavam encarando, Trig considerou a novidade ainda mais perturbadora. A respiração das criaturas criava um som terrível, um ronco entupido. A tosse, pior ainda. Ocasionalmente um dos dois soltava um resmungo ou um gemido grave, desesperado.

— Tá vendo alguma coisa? – perguntou Kale.

— Não.

Um guarda passou voando, metido em traje laranja de quarentena, seguido por outros dois.

— Ei! – Trig esmurrou as barras. – Que tá acontecendo?

Os guardas continuaram correndo. Trig virou-se e olhou para o irmão.

— Que foi aquilo tudo?

Kale deu de ombros.

— Vai saber.

Ele rolou de lado na cama e fechou os olhos, e um instante depois já havia adormecido. Trig escutou-o roncar.

— Ei, você – sussurrou uma voz.

Trig inclinou-se à frente. Ela vinha da cela ao lado.

— Oi – ele devolveu, dobrando o pescoço, mas sem conseguir ver nada. – Que tá acontecendo?

— Seu nome é Trig Longo, não é? – perguntou a voz da outra cela.

— Isso.

— E seu irmão… é Kale, certo?

— Certo – disse Trig. – Como é o seu?

A voz ignorou a pergunta.

— Bela recompensa pelas suas cabeças – sussurrou. – Dez mil créditos.

Trig não respondeu. Afastando-se das barras, já começava a vivenciar uma sensação fria e escorregadia adentrando a boca do estômago. A voz continuou a falar.

— Dez mil créditos, que dinheirão. Porém, ninguém vai receber.

— Por que não? – Trig perguntou.

— Porque fui eu quem ofereceu — disse a voz —, e eu mesmo vou matar vocês dois.

O corpo todo de Trig ficou dormente. Subitamente, reparou que conhecia aquela pronúncia arrastada, menos articulada ainda depois de a boca ter sido danificada quando Kale arrancou-lhe os *piercings*.

— Pedi pra ser transferido só pra poder ficar perto de vocês — disse a voz de Aur Myss. — Mexi os pausinhos certos, digamos assim. Assim que abrirem essas portas, vou rasgar você e seu irmão ao meio com minhas próprias mãos. E só pra começar.

— Por que não fica na sua? — disse Kale, de sua cama, assustando Trig. O garoto não imaginava que o irmão estava acordado, muito menos escutando.

Myss riu. Trig reparou que o líder da gangue devia ser a pessoa que ele ouvia rindo quando Wembly passava gritando, pedindo silêncio.

— Como vão querer? — ele perguntou. — Rápido e prático, imagino. A gente pode fazer num local particular. Os guardas vão encontrar seus corpos depois, mas pode demorar. Não que alguém vá ligar; não mais do que ligavam pro seu velho quando Sartoris...

— Cala a boca — Kale sibilou, saltando da cama e unindo-se a Trig nas barras, metendo uma mão entre elas e procurando, cegamente, agarrar alguma coisa na direção de onde partia a voz, como se houvesse maneira de acertar Myss.

— Para, Kale — disse Trig.

Quando Kale pareceu se dar conta do que fazia e tentou puxar o braço de volta, era tarde demais. Myss agarrara o rapaz, grudado à parede da cela adjacente, esmagando o rosto contra as barras. Trig podia ouvi-lo rindo e grunhindo ao mesmo tempo, agarrado a Kale. Na cela oposta à deles, um dos Rodianos entorpecidos chegara a se sentar para assistir à cena com uma vaga expressão de atordoado interesse.

— Você não vê a hora, né? — perguntou a voz. — Vai querer agora? É isso? Quer que eu...

Ouviu-se um baque agudo, e a voz calou-se com um grunhido de surpresa.

— Bote esses seus ganchos de açougue pra dentro — disse Wembly, do lado de fora da cela. Usava traje laranja e máscara, trazia o BLX às costas, e quando se voltou para a cela dos irmãos, Trig pôde ver sua expressão refletida no visor do guarda. – Ficaram todos os dedos aí?

– Sim – disse Kale, massageando e flexionando os dedos. – Acho que sim. Ele só tava me enchendo.

– Por que tá usando essa roupa? – perguntou Trig.

Pela primeira vez o guarda pareceu incomodado. O droide BLX, parado atrás dele, começou:

– Houve um…

– Só por precaução – Wembly o cortou. – Nada com que se preocupar.

– A coisa tá feia?

– Ninguém sabe de nada. A dra. Cody está tentando descobrir algo. – Wembly fitou os Rodianos, que haviam voltado às camas, tossindo e fazendo aquele resmungo baixinho que Trig ouvira antes. – Parece que seus vizinhos aqui também não vão muito bem. Dois a menos com que se preocupar, pelo visto.

– Wembly…

Alguém gritou no corredor. Wembly deu meia-volta com notável agilidade para um homem do seu tamanho e viu algo de que não gostou. Sem mais palavras, disparou em desajeitada correria na direção oposta à do que viu.

Trig não precisou esperar muito para descobrir do que se tratava. O outro guarda que passou correndo pelo corredor tinha a roupa rasgada e nada de máscara. Ainda estava gritando quando se meteu de cara nas barras da cela, jorrando uma fartura de sangue lá dentro. O líquido atingiu o rosto de Trig, surpreendentemente quente e úmido, sobre bochechas e nariz.

O guarda doente parou de gritar e ficou ali parado, olhos escancarados, totalmente desorientados. Com as mãos, ele se agarrava às barras, como se fizesse muita força para manter-se de pé. A febre ardia sua pele em ondas palpáveis. O respirar era rouco e áspero, e quando Trig viu o peito e os ombros do homem avolumando-se para formar uma tosse, teve o discernimento de afastar-se. Somente após tossir por quase uma eternidade, sem o menor cuidado de tapar a boca, o guarda pareceu finalmente compreender onde pousara.

– Não tem como impedir – disse ele, num tom esquisito, vago; o tom com que fala alguém que está dormindo. – Não tem como.

– O quê? – Trig perguntou.

– Não tem jeito.

O guarda balançava a cabeça, o lábio inferior ligeiramente trêmulo. Então ele deu meia-volta e saiu andando, meio torto, corredor à frente, na direção para onde fora Wembly.

Trig sentiu um aperto na garganta. Subitamente, teve a triste certeza de que ia começar a chorar. Estava com medo, por isso o choro, mas também por pensar no pai. De algum modo, o fato de não saber que horas eram – podia ser meia-noite ou meio-dia – piorava ainda mais as coisas. Alguns meses antes, estavam a salvo, em casa, os três, tomando café da manhã juntos. Como pôde tudo ficar tão terrível assim tão rápido?

– Ei – disse Kale, colocando a mão no ombro do irmão. – Vem aqui. – Ele ergueu a barra da camisa e limpou o rosto do irmão, as primeiras lágrimas misturando-se ao sangue do guarda. – Tá tudo bem.

– A coisa tá feia – disse Trig.

– A gente já passou por coisa pior.

Trig não conseguiu responder. Enfiou o rosto no peito do irmão e o abraçou com ímpeto. Kale devolveu o abraço.

– Xiiiu – disse. – Tudo bem.

Na cela ao lado, Myss fazia seus barulhos. Imitava os soluços de Trig e ria. Na cela dos Rodianos, um deles começara a tossir uma tosse constante e apática que não parava; só pausava o bastante para a criatura sorver um pouco de ar para continuar tossindo.

– Kale? – Trig começou.

– Quê?

– Tá se sentindo mal?

– Eu? Não, tô bem. – O irmão balançou a cabeça. – E você?

– Não. – Trig afastou-se e fitou Kale bem nos olhos. – Se estiver, você tem que me falar. Na hora. Tá bom?

– Claro.

– É sério.

– Vou falar – disse Kale. – Mas não vai acontecer nada.

– Você não tem como saber.

– Confie em mim, tá?

Trig fez que sim. Mas sabia que estava certo. Sentou-se de volta na cama com o queixo nas mãos e se pôs a olhar para fora da cela, para os Rodianos que tossiam.

Na cela ao lado, ouviu-se o barulho de alguma coisa que respirava, ajeitava-se, trocando de posição, para depois soltar um suspiro baixo e paciente.

– Vou te pegar, moleque – sussurrou Aur Myss. – Na hora certa, vou estar esperando.

13

MOLÉCULAS

Zahara ajustava o fluxo de ar para dentro de sua máscara protetora quando sentiu o 2-1B aproximando-se atrás de si.

– Dra. Cody?

– Agora não.

– É importante.

Ela mal o escutava. A tarde passara feito um borrão escuro e sangrento. Ao seu redor, a enfermaria geralmente branda estava lotada de presos e guardas doentes, todas as camas ocupadas, e mais gente deitada no chão. Os sons de tosse, respiros ásperos, monitores clicando e pedidos constantes de ajuda preenchiam a sala.

A praga que a equipe de inspeção trouxera consigo do destróier espalhara-se tão rapidamente pela *Purgação* que ela e Waste já tinham perdido a conta dos novos pacientes. O capitão Sartoris chegara sob a custódia de seus guardas e o droide-cirurgião o apressara diretamente para a bolha de quarentena. Saber que Sartoris estava lá, sentado, esperando que ela fosse examiná-lo gerava uma dose extra de estresse da qual ela não precisava nem um pouco.

O diretor ficava ligando da sala dele sem parar, atrás de novidades. Não entendia por que ela não conseguia nem diagnosticar qual era o problema, muito menos curá-lo. Até o momento ela andara ocupada demais tentando cuidar dos presos, triando-os e tratando seus sintomas que, dependendo da espécie, variavam de problemas respiratórios a febre e de sintomas gastrointestinais a convulsões, alucinações, hemorragia e coma. O 2-1B parou ao lado dela, esperando por sua atenção total.

– Olha – disse Zahara –, seja o que for, vai ter que…

– É sobre Gat – disse o droide. – Morreu.

Zahara deu meia-volta, tensa.

– *Como?*

– Ele teve uma convulsão e entrou em falência cardiorrespiratória. Desculpe interromper. Achei que você fosse querer saber.

Zahara respirou fundo lentamente, prendeu o ar por um instante, fez que sim, e o soltou. Ela seguiu o droide pela enfermaria até a cama de Gat. O Devaroniano estava deitado de lado, pálido, olhos abertos, já vidrados. A médica fitou a expressão vazia, o chifre quebrado e o maxilar frouxo. Se tinha algo de bom por dentro – o raro elemento de decência e humor que o tornava único entre os pacientes – já não existia mais. Ela se curvou e fechou os olhos do prisioneiro.

– E o diretor quer falar com você de novo – disse Waste, conseguindo de fato parecer pesaroso.

Zahara sabia o que Kloth queria perguntar.

– Quão grave é a situação? – ela perguntou ao droide.

– Doze óbitos até agora.

– Incluindo toda a equipe de inspeção?

– Exceto pelo capitão Sartoris e o oficial Vesek – respondeu Waste.

– E os dois continuam dentro da bolha?

– Correto. Entretanto, o patógeno já se espalhou por toda a *Purgação*. Estou acompanhando diversos relatos de sintomas vindo de toda a zona comum: presos, guardas, equipes de apoio. A taxa de infecção beira os 100%. Nossos medicamentos e suprimentos vão aguentar por mais uma semana se nada mudar. Contudo… – O droide parou, modulando sua voz para um tom mais confidente. – Não fui capaz de isolar a estrutura molecular dessa espécie em particular. Dra. Cody?

– Sim?

– Como você sabe, minha programação referente a doenças infecciosas é bastante ampla em escopo, porém essa contaminação é diferente de tudo que já vi. – A voz do droide ficou ainda mais grave, o equivalente sintético de um sussurro. – É como se os organismos individuais estivessem usando a noção de quórum para se comunicar de dentro dos hospedeiros.

– Traduzindo?

– Células individuais não manifestam virulência total até que tenham produzido uma população suficiente para que o hospedeiro não possa mais combatê-las.

– Em outras palavras – disse Zahara –, até ser tarde demais?

– Correto. Neste ponto, não posso dizer nem se nossos trajes de isolamento são uma barreira eficaz.

Zahara olhou para baixo, reparando no traje alaranjado que vestira imediatamente depois de colocar a equipe de inspeção em quarentena. Não gostava de usá-lo; não gostava da mensagem que transmitia aos prisioneiros que já haviam sido expostos, mas não tinha escolha. Não haveria como ajudar ninguém se ela ficasse doente ou morresse. E o droide tinha razão, é lógico. Naquele ponto, era impossível dizer se os trajes e máscaras ajudavam em alguma coisa – guardas que os vestiram imediatamente já estavam ficando doentes, mas ela não mostrava sinal algum de infecção.

Ainda não, pelo menos, remendou uma pesarosa voz interior.

Do outro lado da enfermaria, um alarme disparou, um resmungo agudo constante que indicava que um dos pacientes teve uma parada cardiorrespiratória. Zahara correu para atender, mas outro alarme disparou, depois um terceiro. *Só pode ser um problema nos aparelhos*, ela pensou, confusa, mas dava para ver de onde estava que não era bem isso. Os pacientes estavam morrendo ainda mais rápido, morrendo em volta dela, e o máximo que ela poderia fazer seria assinar a papelada depois.

– Eu cuido disso – Waste falou. – Você precisa ir falar com o diretor.

– O diretor pode esperar.

Quando a médica alcançou a cama, contudo, já era tarde demais. O preso não resistira; os monitores sustentavam um apito firme de incapacidade. O som pareceu vir de todos os cantos ao mesmo tempo. O paciente à direita entrou em convulsão e seu alarme também disparou. Pela centésima vez naquele dia, Zahara perguntou-se com o que a equipe do capitão Sartoris deparara dentro do destróier.

Ela sabia que só tinha uma pessoa para quem perguntar.

O alarme disparou também no espaço negativo da bolha de quarentena pouco antes de a médica entrar. Olhando lá dentro, ela viu Sartoris parado em frente à cama de Vesek, que fitava o vazio, boquiaberto. O rosto do jovem guarda tinha ficado tão branco que Zahara enxergava as finas veias azuis que percorriam seu maxilar e queixo, e subiam pelas bochechas. Ela correu o restante do caminho, deixando a escotilha fechar-se atrás de si com um baque quase inaudível.

— O que aconteceu?

— Me diga você – Sartoris disparou. – Você que é a médica.

— Ele estava estável alguns minutos atrás. – A moça checou os monitores. Vesek não tinha mais pulso e a saturação de oxigênio desabara, assim como a pressão sanguínea. – Você fez alguma coisa com ele?

Sartoris a fitou.

— Eu?

— Me passa aquela embalagem de alumínio. A outra. – Ela rasgou o pacote, retirou o tubo de respiração e besuntou-o com lubrificante. – Segura a cabeça dele pra trás.

Sartoris agiu com firmeza, vendo a médica passar o tubo pela garganta de Vesek às cegas. A sonda deparou com uma obstrução em algum ponto, e, quando ela tentou avançar, o peito do rapaz arfou e ele soltou um barulho de engasgo vindo do topo do peito. Era o som que ela viera a conhecer muito bem nas últimas horas que passara na enfermaria.

— Cuidado – disse ela quando um fluido vermelho denso começou a subir pelo tubo, jorrando da boca do moço.

Ela pegou o aparelho de sucção, mas não conseguia enxergar o bastante para levar o tubo aonde ele precisava ir. O tempo todo ela sentia Sartoris pairando por detrás do ombro, literalmente respirando contra o pescoço dela, e teve que se esforçar para ignorá-lo. Trabalhando quase inteiramente com o tato, ela reposicionou o tubo e ouviu o primeiro barulho rascante de Vesek avidamente botando oxigênio para dentro, depois limpou o rosto dele e prendeu o tubo com fita para impedir que escorregasse. A médica deu um passo para trás e forçou-se a respirar fundo diversas vezes, prendendo cada respiração e contando até cinco até se sentir bem de novo.

– Ele vai sobreviver? – Sartoris perguntou.

– Não por muito tempo. Não desse jeito. – Ela se virou para encarar o capitão. – Preciso falar com você.

– Eu estava de saída.

Zahara fitou-o, incrédula.

– Como?

– Eu vim falar com Vesek. – Sartoris deu uma olhada no tubo preso com fita adentrando a boca do guarda. – Pelo visto, agora não vou conseguir.

– Não pode sair.

– Quem vai me impedir? – A sobrancelha dele ergueu-se. – Você?

– Você está em quarentena porque é um dos vetores primários dessa infecção – disse Zahara. – Precisa ficar aqui.

Sartoris encarou-a de cima, medindo-a. A fria indiferença em sua expressão não se comparava a nada que ela já vira; era como se estivesse permanentemente cravada entre os traços, por cima dos ossos do rosto.

– Vou esclarecer – disse ele. – Você não tem autoridade sobre mim. E não há nada que possa fazer por mim nem meus homens, nem nenhum desses presos. É uma inútil, dra. Cody, e sabe disso. Se fosse um dos meus guardas, teria partido a essa altura... se tivesse sorte. Se não, estaria morta.

– Olha... – ela começou.

– Poupe a fala para seus queridos presos – disse ele, levantando-se e seguindo na direção da escotilha lacrada. – Já ouvi demais.

– Jareth, espere.

Ao ouvir seu nome, parou, e quando se virou e viu a expressão da médica, um sorriso abriu-se feito arame farpado em seu rosto.

– Tá morta de medo, não tá?

– Não tem nada a ver com isso.

– Tem que estar. Eles vão se lembrar de você por causa disso.

– O quê?

– Você pode até achar que está bem com o Império, mas eles não estão com você. – O capitão olhou para fora da bolha, onde o 2-1B corria de cama a cama conforme os alarmes disparavam, cada um sinalizando paradas cardiorrespiratórias. – Cada preso e guarda dessa nave que for exposto vai morrer nas próximas horas, enquanto você fica aí no seu traje de isolamento, com seus instrumentos e droides. – Ele ergueu o dedo indicador e o pousou muito gentilmente no peito dela. – Vai sofrer o resto da vida por isso.

– O que você e seus homens viram naquele destróier estelar? – ela perguntou.

– O que eu vi? – Sartoris balançou a cabeça. – Nada. Coisa nenhuma.

Suspirando, ela fitou os monitores que percorriam a membrana interna da bolha.

– Seus exames de sangue não mostram nada. A infecção não parece afetar você de maneira alguma.

– Benefícios de viver limpo – disse ele, e forçou seu caminho por ela. – Se acha que pode me deter, fique à vontade pra tentar. Do contrário, estarei na sala do diretor. Tenho certeza de que ele vai ficar interessado em ouvir sobre como você e a sua equipe estão lidando com essa crise.

Antes que ela pudesse se mexer para impedi-lo, ele já havia saído da bolha e cruzado o centro médico. Alguma coisa nas intenções dele a incomodava. De jeito nenhum ele perderia tempo falando com Kloth apenas para relatar a ineficácia dos esforços dela. Em mais quantos problemas ela se meteria, afinal?

Zahara pôs-se a seguir o capitão, mas parou, sentindo-se subitamente tonta. Imóvel, analisou-se milimetricamente em busca de algum dos sintomas que havia visto em seus pacientes. A respiração estava boa, não sentia dor nem letargia – seria apenas a tensão acumulada com toda essa situação?

– Waste?

– Sim, dra. Cody.

O droide não tirou os olhos do preso sobre cuja cama se curvava, administrando algum líquido por via intravenosa.

– Preciso que faça uns exames de sangue e umas culturas.

– Em que paciente?

– Em mim – ela disse, e estendeu o braço.

O 2-1B olhou para ela.

– Mas isso requer que eu viole a barreira de isolamento do seu traje.

– Os trajes não funcionam mesmo – ela disse. – Foi você quem falou.

– Eu só estava especulando…

– Chega.

Ela arrancou a máscara e a jogou de lado, tirou as luvas e puxou a manga para expor o braço nu. Das camas ao redor, os presos a fitavam, pasmos.

– Dra. Cody, por favor – a voz sintética de Waste beirava perigosamente o pânico –, minhas teorias acerca da eficácia do equipamento de isolamento da nave são muito pouco conclusivas, e em todo caso, a diretriz primária da minha programação deixa claro que eu devo proteger a vida e promover bem-estar sempre que possível.

– Anda logo – ela respondeu, e grudou os olhos nos sensores visuais do droide, esperando pela agulha.

Sartoris subiu o corredor que levava à sala do diretor munido de um par de rifles E-11, com o suporte fechado para poder segurar uma em cada mão. Tomara-os de dois dos stormtroopers que encontrara no corredor – um deles, bem na saída da enfermaria, tentara atirar nele com a arma. O guarda em questão, um homem que Sartoris conhecia havia muitos anos, cambaleara até ele com o capacete na mão e sangue nos olhos, tossindo e tagarelando a plenos pulmões. Parecia não fazer a menor ideia de onde estava, mas insistia que precisava de cuidados médicos. Dizia que seus pulmões estavam cheios de líquido e que não conseguia respirar, que estava afogando por dentro, mas não o deixavam entrar no centro médico. Sartoris tentou passar pelo homem, mas o guarda sacou a arma e apontou para ele. Quando finalmente percebeu em quem estava prestes a atirar, o trooper parou e zanzou para a parede ao lado.

– Capitão, desculpe, não sabia…

Sartoris tomou a E-11 do guarda, colocou no modo de atordoar e atirou à queima-roupa. Vinte metros adiante, outro stormtrooper veio até ele, mas o capitão foi mais rápido dessa vez e derrubou-o de imediato. E o trajeto foi assim até o final. Guardas e stormtroopers aprumados em ineficazes trajes de controle de infecção corriam e desciam pelo corredor, tossindo e vomitando sangue dentro das máscaras, estendendo os braços para ele, pedindo ajuda e implorando para saber o que estava acontecendo. Muitos deles já haviam desabado e estavam de cara no chão. Quanto mais seguia, mais via corpos largados pelo caminho. Sartoris pulava-os quando podia; outras vezes, pisava em cima. A cada metro que ganhava, a névoa bolorenta de bile e suor rançoso que tingia o ar ficava mais opressiva. Nunca tinha sentido um cheiro desses. Se as coisas já estavam ruins no andar administrativo, não dava para imaginar quão ruim estariam na zona comum – devia estar um pesadelo. Ele se perguntou se o diretor já havia tirado todos os guardas restantes nos níveis de detenção e selado a coisa toda, para simplesmente esperar todos os presos morrerem.

Ao chegar à sala de Kloth, o capitão apertou o comunicador e esperou para ser atendido, mas a voz do diretor não respondeu.

– Senhor, é o capitão Sartoris. Abra.

Nada de resposta, mas Sartoris sabia que o diretor estava lá. Ao longo de seu histórico, o diretor enfrentara todas as crises, as grandes e as pequenas, de dentro do santuário que era seu escritório – naquele dia não seria nada diferente.

E o diretor tinha algo de que Sartoris precisava.

Os códigos de acesso às cápsulas de fuga.

A manutenção das cápsulas tinha sido uma das responsabilidades do oficial Vesek, e Sartori sabia que o rapaz tinha os códigos de lançamento dos casulos. Por isso ele fora sentar-se ao lado da cama de Vesek na bolha de quarentena. Fitando a expressão alucinada do rapaz, aqueles olhos desorientados rolando para dentro, perguntou repetidamente sobre os códigos de lançamento. Contudo, Vesek estava muito pouco cooperativo. Finalmente, Sartoris perdeu a paciência com o guarda – poderia ser perdoado por isso, não? Não seria de se esperar que ele aplicasse um pouco mais de pressão para ajudar Vesek focar-se no que ele perguntava?

O capitão não pretendia tapar o nariz de Vesek por tanto tempo quanto fizera. Se o rapaz tivesse cooperado, simplesmente se contendo por um instante e fornecendo os códigos, nada daquilo teria sido necessário. Tudo o que Sartoris precisava era essa informação, do mesmo modo que quisera informações que aquele preso velho, Longo, possuía, mas o velho também não fora muito cooperativo, e, afinal, estavam numa nave-prisão, não estavam?

Acidentes aconteciam.

Mas Vesek não era um prisioneiro, sussurrou uma voz na cabeça de Sartoris. *Vesek era um dos seus homens, e você...*

– Ele estava de saída, de todo modo – Sartoris murmurou, e retornou sua atenção para a tarefa em mãos. O diretor Kloth estava lá dentro, e ele precisava falar com ele mais urgentemente do que nunca. Sartoris pretendia convencer Kloth de que eles tinham que sair da nave imediatamente, enquanto ainda havia chance de sobreviver. Havia espaço suficiente na cápsula de fuga para ambos; ou só para ele, caso Kloth não visse as coisas do seu modo.

– Diretor? – Sartoris gritou.

O outro lado da porta permanecia em silêncio. Sartoris olhou para as armas que tinha nas mãos, depois voltou para a porta. Ela devia ser à prova de raios, e abrir caminho aos tiros apenas causaria uma onda de raios ricochetados que poderia acabar matando-o. Contudo, ele precisava conseguir os códigos de acesso, o mais breve possível, caso...

Foi quando a porta abriu sozinha.

Sartoris não esperava por isso, e chegou a hesitar por um instante, espiando dentro da câmara. A sala de Kloth parecia vazia – a cena desértica do holomural, um console abandonado, a vista de fora desobstruída.

Sartoris entrou, e o cheiro o atingiu em cheio. O mesmo odor de amoníaco que se acumulara nos corredores, só que numa versão um pouco mais concentrada. O capitão tapou boca e nariz com a mão, esforçando-se para conter o reflexo de vomitar.

– Capitão – gorgolejou alguma coisa atrás do console. – Que bom ver você.

Sartoris deu mais um passo e olhou para a frente, depois para baixo. O diretor Kloth estava deitado no chão, debaixo do console, enrolado de lado em posição fetal, envolto por uma poça de líquido cinza-avermelhado. Quando viu Sartoris parado perto dele, ergueu-se nos cotovelos e respirou, trêmulo, chiando. Gotas de fluido grudento balançavam, pendendo de seu nariz e queixo. A doença havia despido o diretor de qualquer afetação remanescente de dureza e crueldade, deixando somente a coisa vacilante e desgastada que Sartoris sempre soube existir lá dentro.

– Andei acompanhando os monitores – disse o diretor. – Essa infecção que veio do destróier estelar – ele tossiu de novo – está se espalhando rápido demais, você não acha?

– Sim, senhor.

– Então só temos uma opção... – Kloth sugou mais uma difícil, trabalhosa golfada de ar. – Temos que abandonar a nave.

– Exatamente o que penso.

– Você vai me ajudar a chegar ao casulo de fuga – prosseguiu, entre tosses secas. – Isso é procedimento padrão. Farei... o relatório completo de lá. O Império... não vai questionar a minha decisão. Eles podem acessar as informações da enfermaria depois... Verão que não tive escolha...

Sartoris teve que sorrir. Mesmo naquela situação extrema, o homem conseguia pensar ainda em como limpar a barra perante seus superiores.

– Você tem os códigos de acesso para lançamento? – ele perguntou.

Kloth tossiu e fez que sim, e tossiu mais forte, tão forte que fez algumas veias incharem, parecendo minhocas azuis nas têmporas dele.

– Acho – disse Sartoris – que você devia me passar agora.

O diretor parou de tossir. Estreitou o olhar, depois relaxou. Sartoris apontava as duas E-11 para o rosto do outro, tão perto que sabia que o diretor conseguia sentir o rastro de ozônio que permanecia nos canos, e vira que Sartoris havia retornado a arma ao modo de execução.

– Você é um animal – disse Kloth. – Devia ter dispensado você do serviço quando tive a chance.

– Não é tarde pra isso – disse Sartoris, armas firmes em punho. – Pode ser seu último ato oficial enquanto diretor.

– Abaixe essas armas. Vai precisar das duas mãos pra me ajudar a chegar ao casulo.

– Acho que me viro – disse Sartoris. – Depois que você me passar os códigos.

– Não tenho outra opção, tenho?

Sartoris fitou o outro com indiferença.

– Creio que você poderia tentar mentir pra mim. Mas eu lido com mentirosos e golpistas todo dia, então, dadas as circunstâncias, recomendo que não tente.

– Os códigos já estão impressos aqui. Não poderia alterar nem se eu quisesse. – Kloth entregou ao capitão um cartão de dados, a mão tremendo um pouquinho, sem tirar os olhos dos de Sartoris. – Capitão?

– Sim?

– Existe uma subseção do Exame de Perfil Psicológico do Serviço de Correção do Império conhecida como Bateria Veq-Headley. É esquematizada especificamente para indicar atitudes psicopatológicas subjacentes no candidato… com a compreensão de que essas coisas podem vir a ser úteis a serviço do Império. – A língua do homem saiu da boca e umedeceu o lábio superior. – Quer saber qual foi sua pontuação na BVH, capitão Sartoris?

– Acho que nós dois já sabemos a resposta pra isso, senhor – disse Sartoris, e puxou os dois gatilhos.

O efeito à queima-roupa foi bastante espetacular. Todo o crânio do diretor Kloth desapareceu numa nuvem de sangue, cartilagem e ossos. O pescoço e os ombros racharam ao meio, expandidos num eixo invisível com a inércia restante do disparo de energia, e pousaram com um baque úmido, de costas, sobre a poça de sangue espalhado.

Sartoris guardou o cartão no bolso e virou-se para a porta, ainda aberta. Foi quando viu o jovem guarda vestido em traje de isolamento no corredor, fitando-o, boquiaberto, o rosto cheio de bolhas abruptamente pálido, de modo que as bolhas se destacavam feito estrelas. Quando o guarda percebeu que Sartoris olhava de volta para ele, ergueu os dois braços e recuou para o corredor atrás de si, o queixo subindo e descendo freneticamente, tentando balbuciar palavras.

– Capitão? Você atirou no diretor Kloth.

– Fiz um favor – disse Sartoris, reparando no nariz do guarda, que escorria, e nas úlceras febris que se concentravam em torno dos lábios. – Quer também?

O guarda pareceu perder simultaneamente o controle da bexiga e do intestino.

– Saia daqui – disse o capitão, apontando uma das armas. – Vá pra lá.

O guarda assentiu, virou-se e fugiu, as botas tilintando, respirando com dificuldade. Sartoris desejou-lhe sorte. Seguiu na direção oposta e se pôs a caminho do casulo de fuga.

DENTRO DA JAULA

Embora não houvesse mais ninguém vivo para monitorá-los, o sistema de vigilância da nave-prisão imperial *Purgação* fazia um trabalho excelente transmitindo a conversa entre Trig e Kale Longo dentro da cela no Nível de Detenção Cinco. As telas, que agora se apresentavam para um séquito de corpos de guardas imperiais na cabine central de vigilância da nave, mostravam os rostos dos irmãos espiando por entre as barras. E embora o sistema de áudio estivesse perfeitamente calibrado para capturar o mais fraco sussurro de conspiração, havia muito pouco som saindo dos alto-falantes. Na verdade, todo o nível de detenção estava quieto. Os últimos gritos e tosses haviam cessado, deixando apenas um silêncio vago e sugado que ia e vinha.

Então, suavemente, os sensores de áudio captaram a voz de Trig:

– Estão todos mortos. Não estão?

E Kale, vacilante:

– Não sei.

– Se sobrou alguém vivo, já foi embora, deixou a gente aqui. Vamos morrer também.

– Você precisa parar de falar isso – disse Kale. – Agora. Entendeu?

Trig não respondeu. Pouco antes, vira os Rodianos morrerem na cela à frente da sua. Acabaram morrendo de tanto tossir, engasgando e botando fora pedaços de seus estranhos órgãos acinzentados até que puseram-se a se contorcer no chão da cela, contraindo-se e gemendo para finalmente – após o que pareceu ser uma eternidade – ficarem imóveis. Agora seus corpos começavam a feder. Claro que não havia como o sistema de vigilância captar *isso*, assim como não havia como ninguém ali perto evitar o cheiro.

Trig achou que o processo de apodrecimento não deveria ter começado tão cedo, mas o cheiro vinha mesmo assim. Talvez fosse o modo como a doença interagia com a química alienígena específica. Estava em todo lugar, arrastando-se pelos corredores, adentrando pelas barras. O rapaz imaginou fileiras de celas cheias de corpos, presos mortos largados nas camas e espalhados pelo chão, membros moles pendurados nas barras, centenas deles, acinzentados, melados, ao longo de todos os corredores dos diferentes subníveis. A nave se tornara uma imensa cripta flutuante.

Então por que ele e Kale não estavam mortos… nem doentes? Trig imaginou se estavam destinados a sobreviver, devido a algum raro desvio de imunidade genética, apenas para morrer de inanição ou desidratação feito animais negligenciados, ali na jaula. Lembrou-se de algo que o pai sempre dizia: "*O universo tem senso de humor, só que é mórbido*".

– E agora? – perguntou.

Kale foi até as barras, colocou as duas mãos na boca.

– Ei! – gritou. – Tem alguém aí? – A voz dele soou surpreendentemente alta, ecoando pelo vazio. – Olá! Estamos vivos aqui! *Ei!* – O rapaz respirou fundo. – Estamos vivos aqui! Estamos...

Ouviu-se um barulho alto, e as portas das celas ao longo do corredor começaram a abrir com ruído. Kale virou-se e olhou para o irmão.

– Alguém nos ouviu.

– Quem?

– Não importa – disse Kale. – Agora a gente tem que...

O rapaz congelou. Trig o fitava.

– Que foi?

Kale ergueu uma das mãos, pedindo silêncio, e inclinou a cabeça para escutar. Se Trig ouviu ou não um barulho vindo da cela ao lado da deles, não tinha certeza – sua imaginação, sempre ativa, trabalhava naquele instante para arrancar algo de substancial do vazio.

– Fique aqui – Kale sussurrou, saindo da cela e olhando ao redor.

Depois acenou para que Trig o acompanhasse. Os irmãos saíram juntos. Trig estava apenas um passo atrás, e foi então que se lembrou...

– Espera!

Era tarde demais. A figura da cela ao lado saltou sobre ele, cambaleando à frente com um urro de raiva. Trig viu Aur Myss cair por cima do irmão e jogá-lo contra a parede oposta, erguendo os braços e atacando com as mãos, partindo já para os olhos de Kale.

O rapaz desabou, tomado totalmente de surpresa e, por um instante, o corpo do atacante cobriu-o por inteiro, seu torso lutando aos espasmos por ar. O Delfaniano parecia trabalhar com o mesmo vigor tanto para rasgar o rosto de Kale quanto para respirar.

Está doente. O pensamento passou voando pela mente de Trig quase tão rápido quanto ele pôde acessá-lo. *É a nossa chance. Talvez a única.*

Quase sem pensar, o rapaz se lançou e agarrou Myss pela garganta, por trás, prendeu os dedos em torno dos chumaços melequentos de pele em torno do pescoço dele e apertou. *Por favor, por favor, preciso conseguir.*

Contudo, o ataque gerou um ímpeto de força no corpo do Delfaniano. Girando, Myss libertou-se e abriu um sorriso na fissura que lhe cortava a boca ao meio.

– Moleque, você passou dos limites pela última vez.

Ele agarrou o rosto de Trig e o amassou entre as mãos escamosas; a pressão era excruciante. O garoto sentiu que esvanecia, perdia toda a razão. Quis gritar, mas não conseguiu abrir a boca.

Subitamente, as mãos pareceram fraquejar.

A visão de Trig clareou, e ele viu Myss ainda encarando-o. Contudo, o choque havia tomado o lugar da raiva. De dentro da boca da criatura, um brilho metálico pronunciou-se feito uma língua de aço. Então Myss tombou para a frente, e Trig viu o punho da faca que o irmão enterrara na nuca do Delfaniano.

– Ele me atacou com isso – disse Kale, trêmulo.

Trig não conseguia falar.

– Anda, vamos embora.

Passaram correndo pelo longo corredor que levava à saída principal, cruzando cela após cela de cadáveres. Kale não dizia nada. Por mais que Trig quisesse falar sobre o que o irmão tinha acabado de fazer – para agradecer, dizer *alguma coisa* sobre aquilo, pelo menos reconhecer o fato de que acontecera –, não sabia por onde começar. Então permaneceu também em silêncio.

No final do corredor, Trig viu outra figura curvada sobre a cabine de controle, usando um traje de isolamento alaranjado.

– Wembly – disse Kale.

O guarda estava curvado sobre a alavanca que abria as celas, que ele usara para liberar todo o nível. Kale entrou na cabine e tocou-o no ombro.

– Ei, Wembly, obrigado por…

O corpo de Wembly tombou para a frente e caiu da cabine; bateu com a testa no chão, fazendo um barulho abafado. Os lábios flácidos se abriram, encrustados com sangue e muco seco, os olhos tortos e vagos. Fitando o guarda, Trig pensou ter visto um tremor, um último espasmo percorrendo os ombros e abdômen, mas isso também devia ter sido só sua imaginação.

– Ele nos libertou. Deve ter sido a última coisa que fez.

– E foi – disse uma voz.

Os garotos olharam ao redor e viram a unidade BLX de Wembly parada no canto da cabine. O droide encontrava-se numa posição esquisita, com os braços pendendo ao lado do corpo, parecendo completamente perdido sem seu mestre.

– Vem – disse Trig. – Pode vir com a gente.

O BLX pareceu considerar a oferta, mas apenas por um instante.

– Não, obrigado. Meu lugar é aqui. Quando formos resgatados... – O droide permitiu que o pensamento se perdesse, talvez incapaz de convencer-se de tal eventualidade.

– Tem certeza?

– Deixa pra lá – disse Kale. – Vamos embora daqui.

Trig limpou a garganta.

– Aonde a gente vai?

– Tem que ter uma cápsula de fuga em algum lugar lá pra cima. Talvez no andar da administração.

– Não acha que alguém já usou? O diretor, os guardas?

Kale encarou o irmão, agarrou-o pelos ombros e o segurou com firmeza, até machucando um pouco.

– Precisamos de um plano, e por ora esse é o melhor. Então, a não ser que tenha uma ideia melhor, acho bom me ajudar a descobrir como chegar lá.

Trig mordeu o lábio. Assentiu. E forçou-se a dizer sim.

Demoraram muito para encontrar os turboelevadores no centro de detenção. A maioria dos corpos pelos quais passaram era como os dos presos de seu andar, sobre camas, no chão, encolhidos nos cantos, com braços já endurecidos e os cotovelos dobrados, como se enrolar-se em bola pudesse evitar a morte iminente. Havia suicidas – um preso enforcara-se nas barras, outro enrolara um saco em torno da cabeça. Guardas e stormtroopers jaziam no chão, enquanto droides de manutenção confusos os observavam, tentando compreender a carnificina, pegando os cadáveres e devolvendo-os ao chão. Kale pegou armas de raios de dois dos corpos, mas Trig via, apenas pelo seu modo de carregá-las, que não estava totalmente confortável com as armas, embora tentasse agir de modo casual.

Viram outras coisas também.

Ao lado de uma cela, um guarda morto estava deitado, de costas para as barras. Trig viu que ele fora amarrado pelos punhos e pescoço pelos dois presos mortos, de dentro da cela. Os presos haviam morrido da doença, mas não foi esse o destino do guarda. Os detentos conseguiram, de algum modo, atrair o oficial perto o bastante para prendê-lo ali e depois o torturaram até a morte, esfaqueando, cortando e mutilando com os brutos instrumentos afiados ainda presos às suas mãos falecidas.

Viram um preso, de uma espécie alienígena que Trig não conhecia, que consistia em dois corpos conjugados, um com o dobro do tamanho do outro. O corpo menor já tinha morrido, estava largado, enquanto o maior o aninhava debilmente como se fosse um filho, choramingando e tentando respirar. A criatura nem olhou quando os irmãos passaram.

Viram um droide de manutenção tendo um animado monólogo com um stormtrooper morto.

Viram dois guardas imperiais mortos por cima de uma mesa holográfica de dejarik, enquanto as figuras zanzavam, perdidas sobre o tabuleiro, aguardando instruções.

Finalmente, encontraram um turboelevador e esperaram que a escotilha abrisse. Havia uma dupla de guardas mortos lá dentro, ambos armados, caídos em cantos opostos, os troncos rasgados e chamuscados por raios, como se, nos derradeiros espasmos de delírio, tivessem se virado um contra o outro. Kale içou-os pelos trajes de quarentena e os levou para fora do elevador; Trig ficou feliz que o irmão não tivesse pedido sua ajuda. Ver os corpos era uma coisa, mas tocá-los, erguê-los… levantar seu peso morto… era algo para que ele não estava preparado.

E se uma das mãos frias e mortas deles tentasse agarrá-lo?

Ele conseguiria sequer gritar?

Houve um clique atrás de si, e Trig olhou para trás. Lembrou-se de Myss, na cela ao lado da deles, a cela que estava vazia quando ele olhou. Myss devia ter escapado imediatamente assim que Wembly abriu a porta para eles. Myss era imune também? Trig receou que o inimigo os estivesse seguindo. Só porque não via nada não significava que ele não estava lá.

No último andar da detenção eles ouviram um resmungo baixo, como se alguém estivesse chorando. Parecia um lamento infantil, com um desalento muito mais ressonante para Trig porque ele o conhecia de coração. Ele parou e olhou na direção do barulho.

– Tá ouvindo?

Kale balançou a cabeça.

– Não é problema nosso.

– E se precisarem de ajuda?

Kale encarou-o com cansaço, mas não argumentou. Cruzaram o corredor, passando por mais celas com presos mortos, lembrando Trig mais uma vez espécies de estimação que foram esquecidas e deixadas para apodrecer por seus mestres. Kale mantinha as armas preparadas nas duas mãos. O ruído de choro foi ficando mais alto, até que Trig parou e olhou dentro da última cela da fileira.

Um jovem Wookiee estava agachado dentro da cela. Era bem menor do que Trig; um pouco mais alto que uma criança pequena. Estava curvado sobre os corpos do que devia ter sido sua família – dois adultos e um irmão mais velho –, juntando as mãos contra o rosto e segurando os braços em torno de si como se tentasse simular um abraço.

– Olha só isso – Kale murmurou.

Trig viu o que o irmão apontava. A doença afetara os Wookiees mortos de um jeito diferente. As línguas haviam inchado até pender da boca grotescamente como frutas muito maduras, e suas gargantas tinham se rasgado completamente, abrindo-se para expor a musculatura interior, de um vermelho forte. Quando o pequeno olhou e viu Trig e Kale do lado de fora da cela, seus olhos azuis brilharam de medo e receio.

– Tudo bem – Trig disse baixinho. – Não vamos te machucar. – Ele olhou para Kale. – Ele deve ser imune como a gente.

– Então o que a gente vai fazer?

– Espere aqui.

Trig correu até o posto de guardas abandonado. A porta fora deixada aberta por alguém que abandonara seu posto para se arrastar e morrer sozinho. O garoto entrou na cabine e encontrou a alavanca que abria as celas – a mesma que Wembly acionara em sua morte para libertá-los em seu nível. As barras rangeram e abriram, e ele voltou para onde estava seu irmão, fitando o jovem Wookiee.

– Pode sair – disse Trig. – Está livre agora.

O Wookiee ficou só olhando. Nem fazia mais o barulhinho de choro, mas por algum motivo o silêncio foi pior. Essa lição Trig já estava aprendendo – o silêncio era *sempre* pior.

– Você não pode ficar aqui. – Trig estendeu a mão para o Wookiee. – Vem com a gente.

– Cuidado – disse Kale –, ele vai arrancar sua mão fora...

– Tudo bem – disse Trig, ainda com a mão estendida. – A gente não vai te machucar.

Kale suspirou.

– Cara, escuta...

– Ele tá sozinho.

– E obviamente ele quer continuar assim, tá?

Por um momento o Wookiee espiou o garoto com cautela, como se – como fizera o BLX de Wembly – de fato considerasse a oferta. Trig esperou para ver se aconteceria alguma coisa. No final, porém, o jovenzinho apenas se curvou para a frente, pegou os braços moles dos pais e apertou-os contra sua pequena silhueta. A criaturinha não olhou mais para Kale e Trig, nem quando eles deram meia-volta e finalmente foram embora.

Estavam bem no final do corredor quando o ouviram começar a gritar.

Trig congelou, os pelos eriçando-se todos em suas costas. Só de ouvir o barulho ele teve a sensação de que seu corpo todo havia sido coberto por uma camada de gelo liso semiderretido. O ar alojou-se dentro de seus pulmões, preso logo abaixo da garganta. Os gritos do Wookiee não paravam – gritos sufocados, agonizantes, misturados com soluços horrendos, o som de alguma coisa se alimentando.

Os gritos pararam, mas os grunhidos continuaram, ávidos e sem fôlego, arrotos e mastigadas. O garoto lembrou-se na hora de Aur Myss na cela ao lado da deles, seus sussurros e risos, e a sensação de que ele os seguia.

Mas isso é impossível. Myss está morto. Você mesmo viu.

– Que foi isso? – ele sussurrou.

– Não é da nossa conta. – Kale agarrou-lhe a mão. – Vamos.

CAPÍTULO

17

TISA

O último paciente de Zahara morreu naquela noite. No final, aconteceu tudo muito rápido. Cerca de metade eram humanos, os outros, de diferentes espécies alienígenas. Mas isso não fazia diferença. Nos últimos instantes, alguns dos não humanos retomaram seus idiomas nativos, outros seguraram a mão dela e conversaram fervorosamente – uma fala cortada pela tosse incontrolável –, como se ela fosse um membro da família ou um ente querido, e ela escutava e fazia que sim mesmo quando não entendia uma palavra sequer.

Em Rhinnal, ensinaram-na que a morte era algo com que se acostumar. Zahara conhecera diversos médicos que afirmavam ter se acostumado; sempre pareceram esquisitos para ela de algum modo, mais distantes e mecânicos do que os droides que trabalhavam junto deles. Ela tendia a evitar esses médicos e seu olhos frios e clínicos.

Waste trouxe a notícia das últimas mortes com um tom neutro que ela jamais escutara, uma falta de entonação tão peculiar que ela imaginou se não tinha sido programada para as piores eventualidades. Talvez fosse esse o modo de transmitir consideração no mundo dos droides.

Em seguida, num tom quase de desculpas, o 2-1B acrescentou:

– Terminei também a análise do seu sangue.

– E aí?

– Você é obviamente imune ao patógeno. Quero dizer que acredito ter tido certo sucesso em analisar o gene imune dentro de sua estrutura genética e sintetizá-lo.

Ela ficou olhando para ele.

– Achou uma cura?

– Não uma cura exatamente, mas um tipo de antiviral, se é que isso com que estamos lidando é de fato viral em natureza, algo que pode ser administrado intravenosamente. – O droide ergueu uma seringa cheia de fluido claro e olhou ao redor da enfermaria, vendo os corpos em suas camas. – Se há algum sobrevivente a bordo da nave, precisa receber isso o quanto antes.

Zahara fitou a agulha vertendo a salvação pela ponta. Deveria ter sentido um pouco de alívio. Talvez mais tarde fosse sentir. Porém, sua primeira reação à notícia – *se há algum sobrevivente a bordo da nave* – foi uma sensação profunda de fracasso pessoal que se manifestou num peso que dominou suas pernas e barriga. A saúde da nave, de seus presos e sua equipe, eram responsabilidade dela. O que acontecera ali nas últimas horas era impensável, um colapso de tamanha magnitude que ela não podia enxergar a não ser filtrado por sua culpabilidade particular. Sartoris a estivera provocando, mas ele tinha razão. Ela jamais se livraria disso.

Não há tempo para autocomiseração, disse uma voz interior. *Você tem que encontrar quem sobrou, e o quanto antes.*

Como sempre, a voz interior tinha razão. Ela se fez o favor de reconhecer esse fato e procurou livrar-se da sensação pesada que lhe tomava a barriga. Para sua surpresa, a sensação desabou – ou, melhor, estourou feito uma bolha.

– Eu volto já.

– Dra. Cody? – Waste parecia alarmado. – Aonde você vai?

– Até o posto de comando. Preciso escanear a nave e localizar sobreviventes.

– Eu vou com você.

– Não – disse ela. – Você tem que ficar aqui caso apareça alguém para ser tratado. – E então, sentindo a relutância do droide, acrescentou: – Isso é uma ordem, Waste. Entendido?

– Sim, é claro, mas dadas as circunstâncias eu me sentiria muito mais confortável se você simplesmente me permitisse…

– Vou ficar bem.

– Sim, doutora.

– Procure sobreviventes – disse ela, e saiu pela porta.

A médica não teve que ir muito longe antes de que a ideia de sobreviventes lhe parecesse uma possibilidade cada vez menos provável.

Ela pulava e circundava os corpos, respirando pela boca quando o odor ficava intenso demais. Quase imediatamente ela desejou ter deixado que Waste viesse junto. A tagarelice do droide teria tornado tudo mais fácil de assimilar.

Zahara chegou à cabine do piloto e passou pelas portas, preparada para o que encontraria ali. A tripulação da *Purgação* não abandonara seus postos, mesmo à beira da morte. Os corpos do piloto e do copiloto, uma dupla de profissionais imperiais de longa data que ela nem chegara a conhecer, estavam largados de costas nos assentos, boquiabertos, a carne acinzentada já começando a se soltar dos ossos. Conforme a moça foi se aproximando deles, os instrumentos da nave a reconheceram imediatamente, painéis piscaram e uma voz computadorizada saiu de algum alto-falante escondido.

– Identificação, por favor.

A voz havia sido sintetizada para parecer feminina. Estilo executiva, mas agradável. Zahara tentou lembrar-se de como os pilotos a chamavam, e conseguiu: Tisa. Diziam que nos voos mais demorados vários guardas foram pegos ali após o expediente, de conversa mole com ela.

– Sou a oficial médica-chefe Zahara Cody.

– Obrigada – disse Tisa. – Confirmando padrão de retina. – Houve uma pausa, de uns cinco segundos, talvez, e um único e satisfeito bipe. – Identificação confirmada, dra. Cody. Aguardando ordens.

– Faça um bioscan da nave – ela mandou.

– OK. Executando bioscan. – Luzes pulsaram. – Bioscan completo. nave-prisáo imperial *Purgação*, censo prévio e prisioneiros e equipe administrativa 522 de acordo com o…

– Só me diga quem sobrou.

– O censo de formas de vida atualmente ativas é de seis.

– *Seis?*

– Correto.

– Isso é impossível.

– Gostaria que eu recalibrasse as variáveis do bioscan?

Zahara parou e considerou as opções.

– Quais *são* as variáveis?

– A leitura positiva de formas de vida é baseada em interpretação algorítmica de ondas cerebrais, temperatura corporal, movimento e frequência cardíaca.

– E quanto às espécies alienígenas cuja temperatura corporal ou pulsação não cabem nesses parâmetros? – Zahara perguntou. – Não apareceriam no escaneamento, certo?

– Negativo. Os parâmetros do escâner são continuamente recalibrados para incorporar os traços fisiológicos de cada membro da população de prisioneiros. Na verdade, a calibração padrão atual gera um senso correto de formas de vida com 0,001% de margem de…

– Onde estão? – Zahara cortou. – Os seis?

A holotela de Tisa iluminou-se e estendeu um diagrama transparente tridimensional da nave. Parecia muito mais simples em miniatura, contornada por linhas finas e retas, o sonho de um desenhista de geometria perfeita. O posto de comando ocupava o nível mais alto. No fim, erguendo-se feito um periscópio, estava o elevador de acesso retrátil que ainda os conectava ao destróier. Do outro lado do posto de comando, um amplo corredor descendente levava ao nível da administração adjacente, flanqueado a bombordo e estibordo pelas cápsulas de fuga da nave. O refeitório, a enfermaria e os dormitórios dos guardas ocupavam a outra ponta do mesmo andar e, abaixo disso, os seis estratos individuais que constituíam a zona comum. Mais abaixo, Zahara sabia, encontrava-se somente uma série de escotilhas chanfradas que abriam caminho para numerosos subníveis, incluindo celas mais ao fundo.

A médica contou os seis pontos de luz vermelha distribuídos pela nave.

– O censo de formas de vida atual – Tisa dizia – indica uma leitura de atividade no posto de comando, uma no nível da administração, duas na zona comum, nível de detenção um, e duas no confinamento da solitária.

Solitária. Ela nem pensara nisso até então. Reservada para os piores e mais perigosos presos da nave, abrigo de maníacos e condenados com altíssimas chances de fuga, era o único lugar no qual a doença não teria oportunidade de se espalhar. A questão era se ela devia arriscar-se a descer lá sozinha. Claro que havia armas ao redor em abundância, mas não lhe parecia uma boa ideia deixar dois dos piores prisioneiros do diretor Kloth livres apenas para dar cabo de suas vidas quando eles a atacassem.

Entretanto, que opção ela tinha?

– Pode me ligar com a enfermaria?

– Positivo – disse Tisa, e o monitor acima do holograma iluminou-se para mostrar o centro médico. Num canto da tela Zahara viu Waste andando de cama em cama, removendo monitores dos últimos mortos, reunindo sondas intravenosas velhas e tubos de ventilação. Falava sozinho num tom de voz baixo demais para escutar, talvez apenas revisando dados diagnósticos, mas vê-lo desse jeito a fez sentir-se súbita e inexplicavelmente triste.

– Waste.

O 2-1B parou e olhou para a tela.

– Ah, olá, dra. Cody. O bioscan teve sucesso?

Ela não sabia ao certo como responder.

– Vou descer até a solitária. Pode me encontrar lá?

– Sim, claro. – Ele hesitou. – Dra. Cody?

– Sim?

– Quantas formas de vida restaram?

– Seis.

– Seis – repetiu o droide, apático. – Ah. Entendo.

Por um momento ele olhou ao redor, para a enfermaria cheia de corpos, todos os pacientes que morreram em seu turno, apesar de todos os seus esforços, e depois de volta para a tela.

– Bom. Então, encontro você lá embaixo.

– Até já – ela disse, e desligou.

SOLITÁRIA

Zahara deixou o posto de comando e pegou o turboelevador direto para o andar mais baixo e inabitado da nave. Quase nunca descia tão fundo, talvez apenas duas vezes desde que começara ali, para tratar presos que eram doentes ou perigosos demais para subir à enfermaria. A única coisa que havia abaixo era o subnível de mecânica e manutenção, o domínio apertado de droides de manutenção cegos que nunca viam a luz do dia.

As portas do elevador se abriram para entregá-la a um corredor vazio com fios expostos pendurados das vigas do teto. Zahara estreitou os olhos na tentativa de assimilar os detalhes. Aparentemente, os circuitos principais de força não funcionavam muito bem ali. Em algum lugar no alto, acima dela, um duto de ventilação soltava uma corrente constante de ar úmido de cheiro rançoso, feito o hálito mofado de um paciente terminal. Ela não via sinal algum do 2-1B e ponderou se devia seguir adiante sem ele. Não importava, na verdade, já que não havia mais sobreviventes além de...

– Oh! – ela disse, retirada de seus pensamentos pelo susto, tombando para a frente e apoiando-se na parede úmida do corredor, onde a palma de sua mão escorregou e ela quase caiu de cara no chão.

A médica tropeçara nos corpos dos guardas, esparramados pelo caminho. Contou cinco deles, organizados num quadro horrendo. Todos usavam trajes de isolamento e máscaras, exceto um, um jovem guarda que Zahara lembrou ter visto um mês antes ou mais, quando viera à enfermaria reclamar de uma irritaçãozinha na pele. Gostara muito dele; a conversa fluíra facilmente. Lembrou-se do rapaz falar da esposa e dos filhos que deixara em sua terra natal, Chandrila.

Fitando o corpo dele, Zahara viu uma folha de flimsiplast enrolada na mão. Agachou e pegou, e começou a ler.

Kai,
Sei que disse a você e às crianças que eu voltaria pra casa depois dessa viagem. Mas isso não vai acontecer. Sinto muito, mas tenho que dizer que alguma coisa deu errado na nave. Todo mundo está ficando doente e ninguém sabe por quê. Quase todos já morreram até agora. Primeiro, achei que fosse ficar bem, mas parece que também peguei a doença.

Sinto muito, Kai. Sei que vai ser difícil pros meninos. Pode dizer pra eles que o papai os ama? É uma pena que as coisas tenham saído assim, mas diga que servi com o melhor das minhas habilidades e não fui um covarde nem nunca tive medo.

E eu te amo do fundo do coração.

No final, o guarda tentara escrever o nome, mas as letras saíram tão tortas e ilegíveis – provavelmente devido ao tremor da mão – que a assinatura não passava de um rabisco.

Zahara dobrou a nota e enfiou no bolso do jaleco, perto do frasco com antiviral. Destacou o cartão do guarda do uniforme dele e seguiu para a placa que indicava a solitária. Contudo, parou. Onde estaria Waste? Concedera tempo suficiente para que o 2-1B chegasse ali, e geralmente ele era tão eficiente...

Alguma coisa aconteceu com ele.

Lá vinha a voz interior de novo, ecoando em sua mente, aquela que nunca errava. Zahara pensou se devia seguir em frente; se devia ter descido até ali, para começar.

Você veio até aqui.

Com verdadeira relutância, ela se curvou e pegou uma das armas das mãos de um guarda morto. Estava fria e pareceu mais pesada do que ela se lembrava. Zahara recebera treinamento obrigatório com armas de raios antes de se candidatar e era capaz de localizar o mecanismo de trava e colocá-lo no modo de atordoar.

Havia três celas separadas.

Cada uma tinha uma porta de metal, de um cinza pálido e do tamanho de um caixão, com um painel de controle e uma entrada para cartão acoplados à direita.

Zahara parou na primeira porta. Reparou que não estava respirando. Seu corpo parecia não ter peso, como se suas pernas tivessem simplesmente desaparecido. Dava para sentir de leve o cheiro quente ferroso de seu próprio medo exalando de seu corpo, uma lembrança desagradável, desnecessária, de quão pouco ela queria fazer aquilo.

Você não tem que fazer nada.

Tenho sim, pensou ela, e colocou o cartão na fenda. Sua mão tremia, e demorou um pouco para alinhar corretamente o cartão e empurrar para dentro.

A porta começou a deslizar.

A jovem ergueu a arma e a apontou para a semiescuridão. A luz vinda de fora lançava sua silhueta para o interior da cela como o contorno de um tecido negro, delicadamente cortado com tesouras muito afiadas. Enxergando com dificuldade, ela viu um banco vazio e uma mesa – porém, o silencioso cubo de dois por dois estava absolutamente vazio.

Não havia ninguém ali.

Ela voltou e passou para a segunda cela, enfiou o cartão e...

O barulho saído da cela soou como um rosnado de surpresa ou raiva. Zahara saltou para trás, sentindo a arma subitamente solta e desajeitada em sua mão, incapaz de encontrar o gatilho, vendo o ocupante da cela lançar-se contra ela. O bicho era imenso, tão grande que teve que se abaixar e inclinar os ombros para atravessar a porta da cela, com dentes brancos afiados e olhos que cintilavam um brilho de inteligência.

Cambaleando para trás, Zahara tentou mandar que parasse, mas as palavras ficaram entaladas na garganta. Era como tentar gritar num sonho, lutando para exalar a fala de pulmões sufocados, sem força.

A coisa parou bem na frente da médica e ergueu a cabeça peluda, talvez por ter visto a arma. Era um Wookiee, ela notou. Ao mesmo tempo, teve ciência de um martelar sonoro que vinha da última cela, um grito abafado emanando do outro lado da porta.

– Pare – ela disse de novo, mais claramente dessa vez. Apontou a arma para a frente. – Não se mexa.

O Wookiee gemeu. Zahara ergueu o cartão e perguntou-se como faria para ficar de olho em dois presos com apenas uma arma. Mas já era tarde demais.

A porta da última cela abriu-se com ruído para revelar a figura em pé bem na entrada. Zahara olhou rapidamente para o Wookiee, mas ele não saíra do lugar. Quando olhou de volta para o outro detento, encontrou-se fitando um homem de cabelos castanhos que devia ter uns quase trinta anos, metido em vestes largas de prisão. O preso olhava para ela de modo obscuro e questionador.

– Que tá acontecendo aqui?

– Sou a dra. Cody – ela disse –, oficial médica-chefe. Houve...

– Então você não trouxe o jantar?

– Quê? Não. – Ela esperava hostilidade, confusão ou desdém, mas a atitude cavalheiresca do rapaz já começava a deixá-la envergonhada. – Houve um acidente.

Ela ergueu a arma. O Wookiee largou a cabeça para trás e soltou um urro ansioso, do fundo do peito, que pareceu chacoalhar todo o ar ao redor.

– Certo, certo – disse o homem –, pode baixar a arma, sim? Está deixando o Chewie nervoso.

– Chewie?

– Chewbacca, meu copiloto – disse o homem, dando um passo à frente para que ela pudesse ver o rosto dele com mais clareza, assim como o meio sorriso no rosto. – Me chamo Han Solo.

Quando finalmente encontraram as cápsulas de fuga, Trig teve certeza de que estavam sendo seguidos.

Escutava vozes sussurrantes atrás deles, o ocasional baque do passo de alguma criatura que os rastreava graciosamente ao longo do corredor central da ala administrativa, não mais se importando em se camuflar. Às vezes a coisa parecia estar arranhando as paredes. Em outros momentos, dava para ouvir apenas sua respiração.

Ele nem precisou dizer nada a Kale. O irmão também sabia. Em vez de trazer conforto, esse conhecimento não dito entre eles teve o efeito paradoxal de acelerar o princípio de pânico que se acumulava no sistema nervoso de Trig; era como se o menino tivesse que lidar não apenas com a própria apreensão, mas também com a do irmão.

Finalmente, viram a cápsula de fuga, à frente, na parede exterior.

— Lá está. — Kale não se esforçou em esconder o alívio óbvio na voz ao erguer a escotilha. — Vai, entra aí.

Trig escalou.

— Não tem muito espaço.

— Cabemos nós dois. — Kale entrou logo em seguida e fitou o conjunto de controles. — Agora temos que descobrir como faz pra sair daqui.

— Sabe mexer nisso?

— Claro.

— Não faz ideia do que tá fazendo, né?

— Pode me dar um segundo pra pensar? — Kale fechou o punho e mordeu o nó de um dedo, fitando o conjunto de instrumentos. — Pensei que essas coisas fossem automáticas, mas...

Uma voz atrás deles disse:

— O que temos aqui?

Era Sartoris.

Estava em frente à cápsula com as armas nas duas mãos, parecendo tão descontente em ver os irmãos ali quanto Trig em ver o capitão. Intuitivamente, com base apenas na postura, Trig compreendeu que havia algo entre eles e o homem, algo que Sartoris sabia sobre eles e o pai, embora Trig não soubesse o que era.

Contudo, sentia-o mesmo assim, uma cisma, uma desconfiança, algo que emergiu no rosto do guarda para desaparecer quase tão rapidamente, feito vapor soprado contra o vidro da janela no frio.

— Saiam — disse Sartoris, seco.

Kale franziu o cenho, balançou a cabeça.

— Quê?

— Você escutou. Anda logo. — Sartoris apontou o cano de uma das armas para Trig. — Você também.

— Tem espaço suficiente pra nós três.

— Claro. — Sartoris sorriu sem o menor senso de humor; o sorriso não suavizou em nada a irritabilidade em seu rosto. — E com certeza ficaríamos bem aconchegados. Mas a ideia não é essa. Agora saiam daí. — Ele continuava apontando as armas para eles. — Estão esperando o quê?

— Você vai deixar a gente morrer aqui? — Kale perguntou.

— Garoto, pode sair correndo sem roupa pelo refeitório, não me importo. Só não atiro em vocês porque teria que tirar suas carcaças da cápsula de fuga. Então por que não me poupam o trabalho?

— Você não tá entendendo — disse Trig. — Tem alguma coisa na nave que continua viva. Ficou seguindo a gente. Se você nos deixar aqui…

— Filho, não aguento mais ouvir você falar.

Sartoris apontou a arma para o rosto de Trig, aquele buraco do cano parecendo imenso, negro e infinito, e o menino sentiu que seu corpo todo desapareceu. Vagamente, do que parecia anos-luz distante, sentiu a mão do irmão sobre seu ombro, puxando-o.

— Vem — disse Kale.

Ainda sem peso, Trig deixou-se ser puxado para trás, até estar totalmente fora da cápsula de fuga. Cambaleando, viu Sartoris sacar um objeto fino do bolso e enfiar no sistema de navegação da cápsula, tendo já se esquecido dos garotos, problema que já não lhe dizia mais respeito.

A escotilha foi selada com um audível *vuush*. Foi quase um anticlímax. Ouviu-se um baque abafado quando os parafusos estouraram e lá se foi a cápsula, ejetada, deixando Trig e Kale ali parados fitando o espaço vazio onde estivera a salvação.

Kale limpou a garganta. Após uma longa pausa, pareceu lembrar-se de que Trig estava ali, bem ao lado.

– Ei – disse. – Vai ficar tudo bem.

Trig olhou para o irmão. Sentia-se não apenas leve, mas também transparente, como se nem estivesse ali. Era como se alguém tivesse acoplado um aspirador em sua alma e sugado toda a esperança dali.

– Vamos – disse Kale. – Tenho uma ideia.

DIA DA VIDA

Zahara levou menos de um minuto para processar que Han Solo, fosse quem fosse, era um dos presos mais incomuns que ela já encontrara. A compreensão a atingiu com mais pungência quando ela tentou explicar o que acontecera na nave, e quão criticamente ele e o Wookiee precisariam da ajuda dela se pretendiam sobreviver.

– Ei, ei, ei – disse Han, fazendo um aceno impaciente para a médica. – Está dizendo que todo mundo dentro dessa lata de lixo voadora morreu, a não ser a gente? – Ele se virou para o Wookiee ao lado dele, como se para confirmar o que seus ouvidos lhe diziam. – Tá acreditando nisso?

O Wookiee soltou um áspero grunhido lamentoso. Zahara não entendia muito de Shyriiwook, mas boa parte do que captou tinha a ver com inflexão vocal, e a de Chewbacca demonstrava incredulidade, pura e simples.

– É – disse Han –, eu também. – Ele se voltou para Zahara. – Isso é o melhor que pode fazer, doutora? Ou tem outra historinha pra tentar passar pra gente?

– Já, já você vai ver com os próprios olhos. A infecção, uma espécie de vírus, tem mortalidade estimada em 97,7%.

– Pelo visto você conseguiu essas estatísticas com um droide. – Han deu um passo para trás, assimilando toda a figura da médica pela primeira vez e abrindo um sorriso contente. – Embora eu deva dizer, doutora, considerando tudo isso, *você* me parece estar muito bem.

Zahara sentiu as bochechas ficando vermelhas.

– Eu... sou imune.

– Bom, acho que somos também, né?

– É possível, mas duvido.

– Então como é que ainda estamos vivos?

– Vocês estavam lacrados aqui na solitária. Agora que vão sair e ficar expostos, preciso injetar um pouco de antiviral. – Ela tirou a seringa do bolso junto de um kit médico básico que carregava consigo para todo canto. – Isso só vai levar um segundo. Preciso ver seu braço e...

Bastou ver a agulha e o Wookiee pôs-se a rosnar para a médica, ruído que passou direto pela cavidade torácica de Zahara, e pela segunda vez ela viu o brilho dos dentes da criatura, os cintilantes incisivos brancos, e captou um cheiro feroz vindo dos pelos ou do hálito. E deu um passo para trás.

– Vai te fazer bem – ela disse, depois se virou para Han. – Pra vocês dois.

Han balançou a cabeça.

– Wookiees não gostam muito de agulhas. Eu também não.

– Eu sou médica.

– É, bem, acho melhor você melhorar essa sua abordagem com o paciente. – Ele fitou a arma ainda na mão da médica. – Ou será que essa medicina armada virou procedimento operacional padrão do Império?

– Só vim armada por precaução. Não podemos perder tempo aqui discutindo isso. Já morreu gente demais.

– Escuta, doutora, eu... – disse Han, mas parou. Olhando para trás, acompanhando a visão do homem, Zahara viu que ele fitava uma perna esticada que brotava do corredor, um dos guardas cujos corpos ela passara por cima lá atrás. Han esticou um pouco mais o pescoço. Ela sabia que ele podia ver mais corpos juntos ali.

Quando ele retornou o olhar a ela, a expressão de insubordinação desvanecera, substituída por outra coisa: não medo necessariamente, mas uma espécie de noção aguda do entorno. Ele olhou para Chewbacca e o Wookiee farejou o ar e soltou um rugido grave e comprido saído de algum ponto profundo de sua garganta.

– É – Han murmurou. – Eu também. – E então, com má vontade, para Zahara: – Não temos opções das melhores aqui, doutora.

– Por favor – ela disse, encarando-o. – Vocês precisam disso.

Ele baixou o braço e puxou a manga da camisa. Ocorreu a Zahara que não podia segurar o rifle e tratar o homem ao mesmo tempo. Ela baixou a arma, chutou-a para fora da cela, para o corredor, depois pegou o braço de Han, limpou-o e meteu a agulha. Han fez uma careta quando a médica administrou o líquido.

– Já testou isso, né?

– Na verdade, você vai ser o primeiro.

Han escancarou os olhos.

– *Quê?*

– Relaxe – disse Zahara. – Respirando bem?

– Já te digo – disse ele –, se eu não morrer antes.

Zahara tentou não deixar que sua preocupação ficasse estampada na cara. Confiava na análise de Waste com relação à eficácia do antiviral, mas isso não significava que não poderia haver uma margem de erro, e não dava para prever como o agente interagiria com a estrutura química de cada indivíduo. Menos ainda o que faria com uma espécie completamente diferente, não humana.

Contudo, a alternativa seria permitir que Chewbacca fosse infectado. E ela nem tinha certeza de que o antiviral faria diferença àquela altura.

A médica voltou-se para o Wookiee.

– Sua vez.

Chewbacca estendeu o braço. Encontrar veia num Wookiee era sempre um desafio, mas ela conseguiu sentir uma debaixo da pele cheia de pelos e fincou a agulha ali. Ele reclamou, mas não se mexeu.

– Pronto – ela disse –, agora podemos...

O Wookiee berrou.

A primeira coisa que Chewbacca sentiu foi a dor dos mais jovens. Ela o atingiu vinda de todo canto, um lamento de vozes sofridas, assolando-o por todos os lados. Ele não entendia o que diziam, apenas que algo de ruim acontecera ali na nave, e agora acontecia com ele também. De certo modo, era como se ele fizesse parte de tudo aquilo, um cúmplice daqueles crimes inenarráveis graças à injeção que a mulher lhe aplicara. A doença que ela implantara sob seus pelos, sob sua pele, estava viva e rastejava pelo corpo dele, um ser vivo acinzentado subindo por seus braços, até ombros e garganta, e alojou-se na língua dele e sussurrou: *Sim, você fez essas coisas, sim, você é tudo isso.*

Ele tinha feito isso mesmo? Tinha machucado aquelas pessoas?

Impossível. A médica não o tinha envenenado; injetara-lhe a cura. Então por que doía tanto; por que ele continuava ouvindo os mais jovens gritando?

Sentia como se seu crânio estivesse enchendo de um fluido que bloqueava toda e qualquer sensação de cheiro. Contudo, sua audição estava mais afiada do que nunca. Vozes guinchavam para ele, não mais implorando, mas acusando-o de atrocidades inenarráveis, e quando ele olhou para as próprias mãos viu que pingavam sangue, e sentiu o sabor rançoso e salgado do sangue na boca.

E então a doença dominou seu interior.

E a doença tinha fome.

Ele rosnou mais alto, brandiu os braços, queria que tudo aquilo parasse, mas já estava alojado muito profundamente nele, mergulhando em sua memória, trazendo à tona detalhes dos quais ele não se lembrava fazia duzentos anos. Ouviu canções cotidianas dos Kashyyyk, viu rostos – Attichitcuk, Kallabow, sua amada Malla –, porém esses rostos estavam diferentes, derretiam, se esticavam, suas bocas contorciam-se em sorrisos esquisitos e desdenhosos. Os olhos de seu pai, acesos sobre ele, viam toda a vergonha que ele procurava esconder. Sabiam o que ele era, agora que a doença o adentrara, assim como o que ela o forçaria a fazer contra os pequeninos. Sabiam como ele os assassinaria em suas celas e esbanjaria de suas entranhas ainda quentes, enfiando-as na boca sem nem se dar o trabalho de mastigar, um escravo da doença e de seu apetite. Viram como a doença não podia ser saciada, como ela queria continuar matando e comendo até que não houvesse mais nada além de sangue a ser lambido das duras portas de hiperaço. Disseram: *Essas são as verdadeiras canções do Dia da Vida, essas canções são comer e matar, comer e matar.*

Não, não é verdade. Não é.

Gritando mais alto, um rugido ensurdecedor, pelo menos dentro de sua mente, ele sentiu a perda de consciência da doença chegando e ficou muito grato – era chance de se esconder, de fugir de tudo aquilo que ele então vivenciava. Chewbacca não tentou se esconder; ele correu para aquilo com avidez.

Zahara deu um pulo para trás, esquivando-se por instinto, erguendo as mãos para se defender. Chewbacca brandiu o braço às cegas, a seringa ainda fincada nele, fazendo a agulha voar pela cela feito um dardo mal atirado. O objeto colidiu com a parede e desapareceu no piso semi-iluminado. Se a médica não tivesse se abaixado, o braço do Wookiee teria esmagado sua garganta.

– Ei, amigo, pega leve – disse Han, aproximando-se. – Chewie, é só...

Chewbacca avançou contra o amigo soltando um rosnado profundo. Han esquivou-se, assustado, e olhou para Zahara.

– O que você fez com ele?

– Nada. Dei o mesmo que dei a você.

– Pelo visto funciona de um jeito com cada espécie; não parou pra pensar nisso?

Han fitou Chewbacca e viu que a expressão do Wookiee estava totalmente mudada, hostil, como se não o reconhecesse. Parecia confuso, assustado e pronto para atacar qualquer ameaça que sentisse aproximar-se. Aquele forte odor feral que Zahara captara antes retornara, agora mais forte, quase arrebatador, como se alguma glândula da agressividade atuasse no metabolismo da criatura, disparando hormônios violentos contra o cérebro. O bicho rosnava sem parar.

Foi quando a médica reparou no inchaço. Já tomava a garganta, inchava feito um balão, e o que ela julgara serem rosnados passaram para uma série de respirações sufocadas.

– Que é isso? – Han perguntou. – Que é isso no pescoço dele?

Zahara não respondeu. Não conseguia entender os próprios pensamentos, exceto que conseguira encontrar os últimos sobreviventes a bordo da nave apenas para ajudar a doença a cumprir sua função com ainda mais eficiência.

Ela procurou se organizar, analisando as opções: talvez o antiviral tivesse enfraquecido de algum modo a imunidade do Wookiee ao patógeno, ou a doença em si tivesse se tornado mais agressiva durantes as últimas horas, diminuindo o tempo de incubação, de horas para minutos. De todo modo…

Chewbacca caiu de joelhos com um baque, levou as mãos à cabeça e chacoalhou para a frente e para trás soltando muitos grunhidos horríveis, gorgolejantes. Quando ergueu a cabeça de novo, o fez com esforço monumental, e Zahara viu que a raiva começava a ser drenada da expressão do Wookiee. Contudo, isso era apenas efeito colateral do déficit de oxigênio. O olhar da criatura foi ficando ainda mais vago ao mesmo tempo que os imensos ombros pendiam para a frente, cedendo à gravidade, até que todo o seu corpo tombou de cara no chão.

Zahara agachou.

– Me ajuda a rolar ele de lado.

– Quê? Por quê?

– Obedeça.

Han pegou Chewbacca pelo ombro e Zahara ergueu o quadril, tombando a grande massa que era o Wookiee e deitando-o de costas. A médica passou as mãos por debaixo da cabeça dele, bem na nuca, e ergueu.

– Encontre a seringa.

– Não. Nem pensar. – Han balançou a cabeça. – Não vou deixar aplicar mais daquele troço nele.

– Quer que seu amigo viva? Encontre a porcaria da seringa.

Han levou um tempo para digerir a ordem e então foi para o canto distante da cela, murmurando baixinho. Zahara entendia que, naquele momento, boa parte do que era preciso para salvar a vida do Wookiee resumia-se em fazer Han acreditar nela. Caso contrário, se ele tentasse interferir, não haveria mais o que fazer a não ser manter Chewbacca confortável até que morresse.

Han retornou um instante depois com a seringa na mão.

– Espero que você…

Zahara tomou-a dele, espirrou fora o restante de antiviral e pendeu a cabeça de Chewbacca, apalpando o tubo respiratório entupido. Cuidadosamente evitando as artérias, enfiou a seringa vazia nele, sentiu um leve estouro ao encontrar um pacote de fluido, e puxou o êmbolo. *Droides ainda não sabem fazer isso*, pensou. *Não existe droide no mundo que tentaria fazer isso.*

E talvez por um bom motivo.

Um líquido rosa-acinzentado começou a preencher o tubo da seringa. Han não dizia nada, mas deu para ouvir o clique alto que fez quando engoliu em seco. A médica esvaziou a seringa, enfiou de novo e retirou mais líquido.

Depois de três seringas cheias, o inchaço começou a diminuir.

A gritaria na mente de Chewie ficou ainda mais alta.

Quais são as verdadeiras canções do Dia da Vida?

Estou dentro de você, sussurrou a doença, *e você vai cantar as canções conforme eu ensinar, e essas canções são pra matar e pra comer. E você vai cantar enquanto eu estiver aqui dentro. Enquanto eu ainda tiver fome, e sempre tenho fome, e você vai cantar minhas canções.*

Sim, Chewbacca respondeu, com os pensamentos se comportando do estranho modo formal com que às vezes faziam quando ele pensava nas coisas com muita seriedade. *Sim, você está dentro de mim. Eu te respirei para dentro quando a porta da cela foi aberta, assim como Han respirou e você o fez tossir e começar a engasgar. Foi quando a médica nos deu o remédio.*

A doença gritou com ele, enraivecida. Contudo, ele já não mais escutava. Sentiu a pressão diminuindo no peito. Voltou a respirar; diminuiu a constrição no pescoço, permitindo a primeira tentativa de passar o ar. A visão clareava também, tornava-se estável, permitia-lhe ver Han e a médica sobre ele, as expressões preocupadas.

"...*essas são as verdadeiras canções do Dia da Vida.*"

A força que agora lhe retornava era a força de sua família e mundo natal. Ele se sentou, mas não tentou usar a voz. Ainda não confiava. Olhou para as mãos. Estavam limpas. Foi dominado por alívio, e foi como voltar para casa, para rostos que o reconheciam e recebiam bem. Cessara a gritaria. Dentro da casa onde nascera, alguém tocava uma canção.

— Tranquilo. — Zahara abriu um pacote de curativos e adesivos e tentou o melhor que pôde fechar a pequena incisão que fizera na garganta do Wookiee. Não conseguia enxergar em meio a todo aquele pelo, mas seus dedos sabiam onde estava o corte por puro instinto. — Vamos ter que limpar isso aí o quanto antes. Como se sente?

Ele soltou um resmungo alto, depois outro mais alto ainda.

— Tudo bem, amigo? — Han perguntou, e quando Chewie soltou um latido afirmativo, ele se voltou para Zahara. — Moça, você teve muita sorte.

— Tomara que todos nós tenhamos — disse ela. — Se esse antiviral funcionar, vocês dois vão ficar protegidos.

Ajudaram Chewbacca a se levantar, processo que demandou a força total de ambos. Han observava o amigo com atenção, preparando-se para uma recaída, mas o Wookiee pareceu firme o bastante depois que se levantou.

— Acha que pode viajar, amigo? — perguntou Han.

Chewie soltou mais um grunhido.

— Tá, tudo bem — disse Han. — Esquece que eu perguntei.

* * *

– O turboelevador fica nesse sentido – disse Zahara, apontando para o corredor. – Podemos passar por aqui, só tomem cuidado pra não tropeçar nos...

Todos pararam.

– O que aconteceu com os corpos? – perguntou Han. – Os guardas mortos?

Zahara fitou, perplexa, o piso no qual antes jaziam os corpos dos guardas, espalhados. Havia visto todos eles.

Contudo, já não estavam mais lá.

– Vai ver não estavam mortos – disse Han, duvidoso.

– Examinei todos.

– Então alguém veio e tirou. Sei lá, droides de manutenção, algo assim. – Ele fitou a médica. – Pra que ficar aqui discutindo isso?

Zahara pensou no caso. Pensou se não teria sido Waste que descera até ali para encontrá-la e retirara os corpos. Mas isso não fazia sentido algum. As armas de raio também tinham desaparecido – inclusive a que ela acabara de chutar para fora da cela.

Em algum lugar da semiescuridão, ela pensou ter ouvido um rangido, algum braço mecânico autoativando-se, ganhando vida dentro das celas, e deu um pulo de susto. Subitamente, compreendeu que Han tinha razão. Tinham de sair dali o quanto antes.

– O turboelevador fica por aqui – disse.

Han e Chewie a seguiram, passando por portas que se fechavam logo em seguida.

– Aonde vamos?

– Centro médico. Tenho que falar com Waste.

– Quem é Waste?

– Meu droide cirurgião.

– E chama ele de Waste? No sentido de "desperdício"?

– Desperdício de espaço, desperdício de programação... – A doutora deu de ombros, relaxando um pouco agora que estavam longe daquele úmido e escuro corredor inferior. – Comecei falando por brincadeira, e acabei me acostumando a falar.

– Ele não liga?

– Ele acha que é um apelido carinhoso – ela disse, e ao dizê-lo, reparou que era isso mesmo.

O elevador alcançou o andar da enfermaria e parou. Zahara recordava o corredor vividamente, como estivera apinhado de corpos inchados de guardas e stormtroopers que morreram esperando para entrar no centro médico – dezenas deles, alguns grudados um no outro com o fluido que vinham vertendo até que finalmente desabaram. Ela esperava que Han disesse alguma coisa, talvez cobrisse a boca e ficasse um instante ali parado, assimilando tudo aquilo, assim como ela fizera ao ver a cena pela primeira vez.

O turboelevador parou e as portas se abriram para o corredor. Zahara preparou-se para o choque, mas quando olhou lá fora ficou chocada de um modo totalmente diferente, um choque rápido e pungente que deixou suas pernas pesadas e fracas ao mesmo tempo.

Todos os corpos haviam desaparecido.

Han e Chewie seguiram Zahara pelo corredor sem dizer nada. Han não estava gostando nada daquilo, muito menos do jeito que a médica ficava olhando para trás toda hora. Era uma moça bonita, ele tinha de admitir, mas o medo não fazia muito bem para as feições dela. E estava escondendo alguma coisa deles. De acordo com sua experiência, mulheres e segredos se misturavam para formar algo pouquíssimo menos volátil do que um reator de fusão instável.

– Vai demorar muito ainda? – ele perguntou.

Ela não respondeu nem olhou para ele. Apenas ergueu a mão, querendo mandá-lo calar a boca ou parar, um dos dois. Han virou-se para Chewie, perguntando-se até quando teriam que aturar aquela situação.

Fazia muito tempo que estavam presos (semanas, talvez) desde que os imperiais abordaram a *Milennium Falcon* e confiscaram a nave e a carga. Os invasores os transportaram para aquela nave, apenas mais um par de contrabandistas anônimos para os quais a galáxia não dava a mínima.

E teria sido o fim de tudo, não fosse Han ter ficado impaciente e tentado escapar alguns dias antes durante uma muito bem coreografada revolta no refeitório. Ele derrubara um guarda, Chewie arremessara longe um stormtrooper, e antes que se dessem conta tudo ficou escuro.

Bem escuro.

Lá no buraco, ele passava boa parte do tempo especulando sobre o que aconteceria em seguida – com quem poderiam contar para serem resgatados, se é que havia alguém. Contrabandistas tinham poucos amigos, e aqueles que de fato arriscariam seus pescoços por tipos como Han eram poucos. Pela primeira vez, ele começara a pensar se ele e Chewie estavam destinados a passar o resto de suas vidas presos em alguma masmorra apertada e mal iluminada.

À frente dele, a médica parou de andar de novo, virou-se e olhou dentro de uma escotilha aberta. Embora nunca tivesse passado por ali, Han supôs estar no centro médico. Ele parou ao lado da médica e olhou lá dentro, depois para ela. Pela expressão no rosto de Zahara, Han supôs que as coisas não estavam mais como ela as deixara.

Todas as camas estavam vazias.

Todo o equipamento médico, monitores e bombas estavam ativos, piscando e tilintando sozinhos, mas as sondas, tubos e canos balançavam, pendurados soltos, alguns pingando líquido em poças do tamanho de lagoas. Lençóis e cobertores enrolados, manchados de suor e sangue, arrastavam-se pelo piso, largados ali. Han reparou que o silêncio fazia seus ombros ficarem tensos e conferia à mão uma sensação de vazio no ponto onde devia estar sua arma de raios. Tomou uma decisão consciente e resolveu acalmar-se.

– Lugar lotado – comentou.

Ela balançou a cabeça.

– Estava cheio quando saí.

– Sem querer ofender, doutora, mas talvez essa doença tenha afetado você também.

– Você não entende – ela disse –, estavam todos mortos. Vinte ou trinta guardas e presos, além dos deitados no chão. Eu não teria deixado todos aí se tivesse ainda algo que pudesse fazer.

– Cadê seu droide?

– Não sei. – Ela ergueu a voz: – Waste?

O 2-1B não respondeu. Han e Chewie aproximaram-se da médica, fitando as fileiras de camas vazias. Chewie grunhiu, e Han murmurou:

– É, eu também. – Ele passou por cima de uma camisola cheia de sangue que parecia ter sido rasgada ao meio, depois olhou para Zahara. – Digamos que você esteja certa e não tenha mais ninguém vivo. Como vamos sair daqui?

– Tem o destróier estelar.

Han teve certeza de ter escutado mal.

– Como?

– Acima da gente. Pelo visto foi abandonado. A nave acoplou para procurarem partes para os propulsores. Foi quando tudo começou a dar errado. Não faço ideia se os motores foram consertados antes de a equipe de manutenção morrer. Do contrário...

– Então essa doença contagiosa veio do destróier?

Ela fez que sim.

– Acho bom não chegarmos perto dele, então.

Zahara não respondeu. Havia agachado para estudar um rastro grudento de sangue logo abaixo de uma das camas. Abaixando-se mais, tocou em algo – Han não sabia dizer o que – e trouxe a coisa lentamente para examinar.

163

– Que é isso? – Han perguntou, e então viu.

A mão era humana, e tinha sido arrancada por pura força. Os ossos do antebraço tinham sido quebrados e seccionados por um objeto sem corte. Faltavam dois dedos, arrancados dos nós. Zahara analisava o objeto sem muita emoção evidente no rosto.

– Era de um guarda – disse.

– Como sabe?

Ela apontou para o anel. Pertencia à academia. A moça largou a mão, que caiu com um baque suave.

Atrás de si, do outro lado da fileira, Han escutou Chewbacca rosnar.

– Hm, doutora? – disse. – Acho que encontramos seu droide.

Zahara olhou, e assim que o fez, reparou que uma pequena, obscura porção de si vinha esperando exatamente essa situação, desde o momento em que chegara à solitária e não encontrara Waste lá.

O 2-1B jazia em pedaços espalhados ao longo do piso atrás da última cama. Os braços, pernas e a cabeça tinham sido sistematicamente arrancados e esmagados, um por um; o tronco, socado de modo que o painel de instrumentos piscava sem parar, indiferente e erraticamente, por baixo da cobertura. O droide continuava tentando falar, gorgolejando pelo vocabulador.

– Dra. Cody? – disse o robô.

– Waste, o que aconteceu?

– Desculpe. Aquele padrão de teste escrito na parede de corujinhas. É maravilhoso. Gostaria de provar de novo?

– Waste, me escuta – disse a médica, agachada ao lado dele. – Os pacientes, os corpos, pra onde foram?

– Olha, doutora – disse Han, atrás dela. – Vamos sair daqui? Esse lugar…

– Xiiiu – disse Zahara, sem olhar para trás, mantendo sua atenção focada no droide. – Os corpos, Waste – ela demandou. – Alguém os levou?

– Desculpe. Não sobrou nada. Não caminha sem três ou dois lugares. Desculpe. Todo esforço razoável foi feito. – O 2-1B clicou e algo piscou lá no fundo dos processadores inferiores. – Devemos sustentar o juramento sagrado de… – Ele parou, soluçou e pareceu recobrar um pouco a noção do que ela tinha acabado de perguntar. – Uma coisa impressionante. São milagrosos, na verdade. Maravilhosos. – E então, com terrível clareza: – Eles acordaram! – Ouviu-se um último cliquezinho lá dentro, embora esse tivesse soado mais destoante, quebrado, e quando o droide tornou a falar, sua voz saiu grossa e morosa. – Eles apenas… comem.

– Quê?

Os componentes dentro do tronco do droide piscaram de novo, mas ele não disse mais nada.

– Ei – disse Zahara, voltando-se para Han e Chewbacca –, algum de vocês sabe alguma coisa de droides?

Mas Han e Chewie não estavam mais lá.

PAREDE

O grafite rabiscado no interior da parede estava escrito em Delfaniano, mas Trig podia supor o que dizia. *"Gangue do Rosto. Não entre. Vai pagar com sangue."*

– Dá pra relaxar? – disse Kale. – Myss morreu. Morreram todos.

Isso não fez Trig se sentir nem um pouco melhor. Inicialmente, aqueles corpos todos meteram-lhe medo, mas havia algo de muito pior em *não* vê-los mais. Não tinham visto mais nenhum corpo desde que Sartoris os arrancara do casulo de fuga. Estavam agora cruzando o nível da administração, de acordo com o plano de Kale. Trig julgara, no começo, que era por causa da rota escondida que estavam seguindo, passando por pequenos corredores, acompanhando conduítes presos às paredes, mas começava a se perguntar por que não viam nem um único corpo.

– Segura isso aqui pra mim. – Kale entregou as armas que vinha carregando. – Vamos lá. – Ele retirou um painel solto da parede, enfiou a mão e retirou um par de baterias. – Bem onde o papai deixou. – Enfiando a mão mais a fundo, o garoto tateou por um momento e retornou com outra arma, uma pistola. – Aqui, fica com essa.

– Não quero.

– Eu perguntei se você quer?

Trig concluiu que o irmão tinha razão. Havendo ou não alguma coisa ainda os perseguindo, ele ia precisar de uma arma. Inseriu a bateria na pistola, ajustou-a até ouvir um clique, e tentou arrumar um jeito de carregá-la que não parecesse esquisito ou o ficasse lembrando da arma toda hora, mas concluiu que não havia jeito de fazer isso. A voz do pai veio dizer-lhe: *"Quando você está carregando uma arma de raios, todo o resto fica secundário"*.

Kale acenou para a frente, para o corredor.

– Vamos encontrar essa outra cápsula de fuga.

– Como você sabe que *tem* outra cápsula de fuga?

– Vai ter porque a gente precisa que tenha.

Trig apenas balançou a cabeça. Lógica circular: o pai ficaria orgulhoso.

– Fala sério.

– Sério? – disse Kale. – O Império constrói tudo simetricamente. Não tem criatividade suficiente pra fazer de outro jeito. Então onde tem uma coisa, tem que ter outra, no mesmo local, do lado oposto. – Ele deu de ombros. – Sei lá, que quer que eu diga?

Trig apenas concordou. Gostara mais da primeira explicação.

Quinze minutos depois, Kale soltou uma exclamação curta, porém muito empolgada. Acabavam de chegar ao lado oposto do nível de administração da nave.

– Que foi que eu disse?

A cápsula era exatamente igual à que Sartoris tomara deles. Trig começou a pensar em como iam ativar a coisa sem os códigos de lançamento, mas não quis jogar um balde de água fria no irmão. Ele se aproximou da escotilha e colocou o rosto perto do visor, enxergando o interior da câmara mal iluminada, cheia de luzinhas cintilantes.

Sentiu uma onda de frio perpassar-lhe e virou-se para trás.

Havia alguma coisa vindo pelo corredor.

Não era imaginação, dessa vez. Não podia ser; Kale também ouvira, Trig via estampado no rosto do irmão. Ambos escutavam um rosnado profundo cada vez mais alto conforme quem quer que fosse chegava pelo corredor.

– Fique atrás de mim – murmurou Kale, erguendo as armas ao peito. – Se acontecer alguma coisa, atire e depois fuja, beleza?

– Espera – disse Trig, atrapalhando-se com a arma –, cadê o modo de nocautear?

Kale disse alguma coisa num tom ainda mais baixo, mas Trig mal podia escutá-lo por cima do martelar do próprio coração. Compreendera que estava prestes a atirar com uma arma pela primeira vez, e sua vida ia depender de quão bem ele a usaria. Se fosse outro guarda, talvez tivessem de matá-lo. Era por isso que ele não queria nem carregar uma arma, para começo de conversa, mas isso não parecia mais fazer diferença alguma, porque...

Um homem vestido em traje alaranjado de preso virou no corredor, com um Wookiee ao lado.

– Parados! – Kale gritou.

Quando o homem e o Wookiee viram os garotos, pararam de andar, mas nenhum pareceu muito surpreso. O homem ergueu as mãos, mas o Wookiee rosnou ainda mais alto, aprumando os ombros, como se não tivesse descartado um ataque como possível resposta.

— Calma, garoto, abaixe essas armas.

— De jeito nenhum. — Kale balançou a cabeça. — Que tão fazendo aqui?

Han deu uma olhada na cápsula de fuga.

— Parece que viemos todos procurar pela mesma coisa.

— Não tem espaço suficiente — disse Kale. — Então que tal você e seu amigo darem meia-volta e voltarem ao lugar de onde saíram?

— Vocês são o que, irmãos? — Han não se mexeu, mas voltou sua atenção para Trig, os cantos da boca virando para cima num sorriso esquisito, torto, porém genuíno. — Já usou uma dessas alguma vez?

Trig não sabia se o homem se referia à arma ou à cápsula, então apenas assentiu.

— Claro.

— É, aposto que sim. Vamos lá, garoto, fica tranquilo.

Estendendo as duas mãos com aquele sorriso casual e faceiro, Han começou a caminhar para os meninos, como se já tivesse resolvido como toda a situação terminaria e fosse apenas questão de seguir adiante até que todos chegassem à mesma conclusão.

— Dê mais um passo e eu atiro! — Kale gritou numa voz grave que terminou num leve agudo, mas já era tarde demais. Os garotos ficaram de olho no homem, mas deviam ter prestado atenção também no amigo dele.

O Wookiee fez tudo parecer muito fácil: cobriu a distância que os separava numa fração de segundo, foi direto para cima de Kale e o derrubou com tudo, as duas armas despencando ruidosamente no chão, rolou e ergueu uma imensa perna peluda que pegou Trig bem no flanco. O menino ouviu-se soltar um *"uff!"* e sentiu o ar deixar seu corpo como se tivesse sido sugado por um buraco negro. Foi ao chão também, a mão na lateral do abdômen, e reparou que tinha soltado a arma. De algum modo, ela já tinha se materializado na mão do homem.

O Wookiee manteve as armas apontadas para os irmãos, e Trig sentiu o último vestígio de esperança sendo drenado dele feito água suja numa banheira. Como ele foi achar que poderiam impedir uma dupla de criminosos experientes sem nada a perder?

O homem, enquanto isso, foi até a cápsula de fuga.

— Bom, adoraríamos levar vocês conosco, mas como você mesmo comentou, o espaço é pouco, então…

— Não vão conseguir – disse uma voz.

Trig olhou ao redor e viu uma mulher parada ali. Levou um instante para reconhecer a dra. Cody, médica da *Purgação*. Não a via desde o dia em que o pai falecera, mas agora o belo rosto dela – geralmente sorridente, como se sempre contente com alguma coisa – estava cinzento e estranhamente sem vida, vinte anos mais idoso do que quando o vira pela última vez. Até a voz estava mudada. Faltava aquela pontada de ironia tranquila que ouvira antes, aquele tom de "estou trabalhando numa nave-prisão imperial, o que pode ser pior que isso?". Parecia apenas cansada e resignada.

— Como assim? – disse Han.

— Vá em frente – disse a dra. Cody, com a mesma voz estranhamente inerte e indiferente –, tente entrar.

O homem puxou a escotilha do casulo de fuga, mas ela não abriu.

— O quê? Tá trancada? Como sabia?

Zahara apontou para a luz vermelha ao lado do letreiro ativado do sistema de segurança, na lateral da escotilha. Trig apenas então reparou nisso também.

— Confinamento.

— Então como entramos?

— Tem um cancelamento manual no posto de comando. – A dra. Cody virou-se para o Wookiee. – E chega dessas armas, tá? Duvido muito que algum de vocês tenha motivo pra ter receio de dois pilantrinhas adolescentes.

— Ei, foram eles que apontaram as armas pra gente – Han protestou, e o Wookiee soltou um latido resmungão, mas ambos baixaram suas armas.

— O posto de comando fica logo acima daqui – disse a médica. – Vou subir e ver se consigo destravar a cápsula.

— Chewie e eu vamos com você, daremos uma olhada nos propulsores. – Han fitou Kale e Trig. – Vocês vêm com a gente?

— Vamos ficar aqui – disse Kale. – Vigiando, claro.

Han deu de ombros.

— Você que sabe.

– O quê...? – Trig fitou o irmão, receoso, mas sentiu que ele apertava-lhe o braço, gentilmente, mas com firmeza.

– Toma. – A dra. Cody entregou um comlink a Trig. – Ligo quando conseguir abrir, assim vocês podem checar antes de voltarmos. Vamos voltar o quanto antes.

– Deixe as armas – disse Kale.

Han bufou.

– Até parece.

– Para com isso – disse Zahara –, vocês podem deixar uma.

Han olhou para Chewie, esperando.

– O quê? Não vou dar a *minha*. – Contudo, o Wookiee continuou encarando-o de volta. – Que ótimo – Han murmurou, estendendo a arma para Kale. – Pronto, garoto. Tente não atirar no próprio pé.

Kale aceitou a arma e assentiu. Han, Chewbacca e a dra. Cody foram saindo.

– Dra. Cody? – Trig chamou.

Ela parou e olhou para trás.

– Tem mais alguém além da gente?

– Acho que não – ela disse, e Trig soube pela expressão dela que ela esperava outra pergunta. Foi somente depois que eles se foram que o garoto compreendeu qual pergunta devia ter feito.

O que aconteceu com todos aqueles corpos?

23

DENTRO

Esperavam havia cinco minutos quando o primeiro alarme soou.

Kale estava explicando o plano pelo qual ele tinha voluntariado os dois para ficar esperando ali.

— Quando a dra. Cody chegar à cabine e destravar a cápsula, a gente entra e diz que o sistema está pedindo os códigos de lançamento, como aqueles que o Sartoris tinha. Ela passa pra gente e daí caímos fora.

— Ela não é burra — disse Trig. — Além do mais, a gente não pode largar ela aqui.

— O Império vai mandar uma nave de resgate.

— Como sabe?

— Ela é da diretoria — disse Kale, com um gesto vago. — Sabe, tem contatos.

— Isso não garante que vão voltar pra buscá-la.

— Tá incomodado mesmo com isso, hein?

— Ela ajudou o papai no final — disse Trig. — Foi importante.

— Olha — Kale fitou o irmão com um sorriso de enfurecer, — sei que você tem uma queda por ela, mas…

— Quê? — Trig sentiu o rosto e as pontas das orelhas esquentando. — Fala sério!

Kale deu de ombros, o exemplo da indiferença fraterna.

— Que seja. Só que tá muito na cara, do jeito que você olha pra ela. Não que você esteja errado, ela é até bonitinha. — Kale fechou a cara. — Só não esqueça pra quem ela trabalha.

— O que quer dizer com isso?

Kale começou a dizer alguma coisa, e foi quando um guincho agudo, estridente, cortou o corredor ao meio, vindo do outro lado da porta selada, algum tipo de alarme localizado. Os irmãos pularam de susto, e Kale gingou o rifle com uma certa arrogância, Trig achou. Estava começando a se acostumar a portar uma arma.

— Que foi isso? — perguntou.

— Espere aqui — disse Kale. — Volto já.

Antes que Trig pudesse argumentar, o irmão entrou no corredor, rifle na altura do peito. A porta lacrada à frente abriu-se com um delicado sussurro hidráulico e Kale passou por ela, parou ali e deu uma última olhada para o irmão.

– Fique onde está – disse, e as portas se fecharam atrás dele.

Um instante a mais e o alarme parou. Foi como se alguma coisa no final do corredor tivesse acordado chorando, comido Kale e voltado a dormir logo em seguida. Trig estremeceu ao imaginar isso, tentou afastar a ideia da cabeça, mas não teve sucesso. Ficou ali parado, ouvidos zumbindo, pensando no que devia fazer, como podia fazer para pelo menos marcar o tempo de partida dos demais.

Inquieto, tentando manter a mente ocupada, voltou sua atenção para a cápsula de fuga. A luzinha vermelha continuava acesa, mas ele testou a escotilha mesmo assim, cutucando-a apenas para o caso de a dra. Cody já tê-la destravado remotamente. Não abriu. Era de esperar. Ele meteu o nariz no visor de novo, pôs as mãos em volta dos olhos e espiou lá dentro, tentando ver se havia mudado alguma coisa no conjunto de brilhos do painel de instrumentos, mas não enxergou nada muito claramente.

Foi quando, dentro da cápsula, alguma coisa se mexeu.

Trig tirou a cabeça dali, o corpo todo rígido de susto, e cambaleou para trás com as pernas bambas. Suas terminações nervosas pareciam ter sido substituídas por finos filamentos de cobre quente, a pulsação tão acelerada que dava para ouvi-la clicando no esôfago. *Não posso ter visto aquilo*, zuniu seu cérebro, *as luzes lá de dentro me enganaram, mas...*

O garoto prendeu a respiração e ficou esperando.

De dentro da cápsula saía o ruído de um delicado arranhar.

Trig deu mais um passo para trás, até que sentiu as costas encontrando a parede oposta. Seus olhos viraram-se para a passagem pela qual Kale saíra alguns minutos antes, mas nenhum sinal dele – ainda não tinha voltado. O som das arranhadas foi ficando mais alto, dedos – talvez garras – que raspavam de modo irregular, embora insistente, no interior da escotilha. Conforme escutava, Trig reparou que ia raspando mais rápido, além de mais barulhento e mais ávido, como se a coisa soubesse que o garoto estava ali e quisesse sair para juntar-se a ele.

Trig reparou que segurava o comlink com tanta força que sua mão até doía. Ele ergueu o aparelho e clicou o botão de ligar.

– Dra. Cody?

Houve uma longa pausa antes que a voz da médica retornasse, clara e firme.

– Trig?

– Isso.

– Estamos na ponte, agora. Ainda estamos procurando um modo de abrir a cápsula. Não vamos demorar.

– Espera – disse Trig. – Espera um pouco. Já tem alguma coisa dentro da cápsula.

– Como?

– Tem alguma coisa lá dentro. Dá pra ouvir arranhando.

– Só um minuto, Trig. – Outro longo silêncio, tão esticado que Trig pensou ter perdido o sinal. Então, finalmente, ouviu a voz da dra. Cody: – Trig? Você tá aí?

– Tô aqui.

– Estou rodando o bioscan por toda a nave.

– Ah é?

– Não estamos captando nenhuma forma de vida dentro dessa cápsula.

Trig fitou a escotilha, onde o barulho de arranhar passara para um golpear maníaco, e escutou outro barulho, um gorgolejar úmido, um som de dentes, como se a coisa que estava lá dentro tentasse abrir caminho a mordidas.

Devia ter perguntado a ela sobre os corpos, ele pensou de novo, meio histérico. *É, teria sido uma boa ideia.*

As palavras emanaram do garoto feito fumaça:

– Tem alguma coisa lá dentro.

– Não entendi, Trig.

– Eu disse…

– Tá bem – disse a voz da dra. Cody –, vamos lá, achei o cancelamento da trava.

– Não, ainda não, *espera…*

Ouviu-se um clique, e a escotilha se abriu.

CAPÍTULO

24

À PROVA DE FUTURO

Quando Kale voltou, Trig havia desaparecido.

A escotilha da cápsula de fuga estava aberta. O garoto agachou e entrou, o rosto iluminado pelo brilho esverdeado dos painéis.

– Trig?

O menino não estava ali dentro também, mas o odor gasoso de podridão estava forte o bastante para Kale não querer ficar ali mais um segundo. O cheiro lembrava a toca de um predador, do tipo que se encontra lotada de ossos mordiscados da última refeição. Ele pensou que teria que aguentá-lo caso fosse o único modo de sair dali, mas por hora era preciso encontrar o irmão.

Ao sair, bateu com o pé num pequeno objeto fino. A coisa soltou um ruído eletrônico. Ele olhou para baixo e viu que se tratava do comlink que Zahara havia dado a Trig. Kale franziu a testa. Não era típico do menino largar um objeto daqueles em qualquer canto, não mais do que sair zanzando sem motivo aparente.

Ele pegou o comlink e ligou.

– Dra. Cody? Aqui é o Kale.

– Estou na escuta, Kale – respondeu a médica.

– Olha, aconteceu alguma coisa com o meu irmão.

– Pode repetir?

– Um alarme disparou, e fui ver o que era. Quando voltei, ele tinha sumido. A escotilha tá aberta, mas não o vejo em lugar algum.

– Só um minuto, Kale. Deixa eu ver uma coisa.

Kale esperou, e viu a parede interna da porta da cápsula. Estava marcada por uma dezena de arranhões, alguns tão profundos que danificaram até o metal. O garoto abaixou-se para tocá-los e descobriu que estavam úmidos. Quando trouxe os dedos de volta, estavam pingando sangue e algo grudento e quente. Ele limpou a mão na calça, estremecendo de nojo.

– Kale, o escâner está mostrando uma forma de vida a quinze metros no corredor, bem à sua direita. Você consegue ver?

Ele deu meia-volta, mas não havia nada além das mesmas paredes sujas, luzes fracas e o teto baixo, sombrio e amarelado, como se manchado pelo hálito condenado e desolado de milhares de prisioneiros ao longo dos anos.

– Não – ele respondeu –, não tem nada lá.

– Tem certeza? O sinal é forte.

– Não, é só um corredor vazio, eu... espera.

O rapaz baixou o comlink e empunhou a arma, aproximando-se da parede a fim de investigar mais de perto. À sua frente, na altura dos ombros, ele viu um painel destacado na parede com os dizeres:

ELEVADOR DE ACESSO À MANUTENÇÃO 223

Kale colocou o cano do rifle no canto do painel e o abriu para revelar o amplo duto lá dentro. Um jorro de ar fedorento penetrou seu nariz e o garoto gemeu, quase engasgado. Cobriu o nariz e a boca com a mão livre e se inclinou para enxergar dentro daquela densa escuridão.

– Trig?

Sua voz reverberou pelo vazio metálico, soando sem forma no vácuo. Kale lembrou-se do que vira quando cruzara a porta para investigar o alarme. Não era nada de especial, nada mesmo, provavelmente um defeito em algum lugar do sistema, embora um aspecto em particular lhe tivesse chamado a atenção: uma única marca deixada por uma mão sangrenta na parede, borrada e ainda tão fresca que pingava. Quando viu isso, concluíra que não tinha sido muito boa ideia ter deixado Trig sozinho, mesmo que por alguns segundos, e foi quando ele retornou para encontrar aquela situação.

Resolveu tentar de novo, inclinando-se para dentro do duto.

– Trig, você tá aí?

O irmão apareceu, gritando. Deu de cara com Kale, derrubando-o com velocidade e força que provavelmente salvaram sua vida. Se tudo tivesse acontecido mais lentamente, se Kale tivesse tido tempo de erguer novamente o rifle, certamente teria atirado no irmão por puro reflexo. Contudo, Trig já estava em cima dele, ainda gritando, esmurrando, arranhando, chutando e sugando grandes porções de ar. Também chorava, Kale notou, soluçando com uma voz aguda, engasgada, desesperada que o fazia parecer muito mais criança do que de fato era.

– Calma – disse Kale, abraçado ao menino, notando agora os rasgos em seu uniforme, como se um animal o tivesse atacado. A gola rasgada expunha o peito liso e franzino; uma das mangas da blusa fora completamente arrancada, mostrando o braço magrelo. Alguns pedaços do tecido barato estavam úmidos e pegajosos, assim como o interior da cápsula de fuga. Kale apertou-o. Trouxe o irmão para o peito e abraçou-o com força até começar a sentir, se não a resistência abandonando-o, pelo menos uma espécie de exaustão reduzindo a agitação e o pânico, e ficaram ali abraçados até que Trig ficou quieto, exceto por um soluço ocasional.

– Tudo bem – disse Kale, e então se afastou o bastante para poder finalmente enxergar direito o rosto de Trig. – O que aconteceu?

Trig apenas fitou-o de volta com os olhos vermelhos. Se estivesse um pouco mais pálido, sua pele estaria translúcida. Nada se mexia em seu rosto, a não ser o queixo, que tremia ligeiramente.

– Alguém te atacou? – Kale perguntou. – Dentro da cápsula tinha…?

Ele aguardou, deixando a pergunta incompleta para que o Trig a captasse e respondesse, mas ele não disse nada. Quanto mais o irmão o fitava, mais Kale se perguntava se ele de fato o enxergava. Ele envolveu o menino com os braços de novo e apertou.

– Escuta – disse –, vai ficar tudo bem. Não vou deixar nada de ruim acontecer com a gente, tá bom? Prometo.

Contudo, lembrou-se da imagem da marca de sangue na parede e lhe ocorreu que, pela primeira vez na vida, acabara de fazer ao irmão uma promessa que não sabia se podia cumprir.

LUZES MORTAS

– Esses propulsores estão acabados – disse Han, saindo do buraco aberto por um painel deslocado do piso no centro do posto de comando, limpando poeira e óleo do reator das mãos. – Seja lá o que os engenheiros estavam tentando fazer aqui, não foram muito longe. Não vamos chegar a lugar algum nessa lata-velha flutuante.

– Consegui abrir a cápsula de fuga – disse Zahara. – Os códigos de lançamento estão...

– Dra. Cody? – interrompeu a voz de Tisa. – Estou captando novas formas de vida no bioscan.

– Novas leituras? – Han fitou Zahara, franzindo o cenho. – Pensei que tivesse dito que estavam todos mortos.

– Estão. – A médica olhou para os equipamentos. – Tisa, mostre todas as leituras positivas.

– Sim, doutora.

À frente deles, um conjunto de linhas da finura de um lápis começaram a brilhar, materializando-se, derretendo sua geometria intersecta uma vez mais para criar a nave em miniatura.

Han soltou uma exclamação.

O contorno tridimensional da aeronave mostrando os diversos andares – previamente uma intersecção vazia, quase limpa, de espaços e linhas digitais – estava lotado de bolinhas vermelhas que piscavam. Moviam-se juntas, agrupadas, vindo em massa dos blocos de detenção abaixo, avançando andar por andar até a área da administração. No holograma, pelo menos, pareciam ganhar terreno adiante com velocidade desproporcional, como a de um enxame de abelhas.

– Espere um minuto – disse Han. – O que são essas coisas?

A médica balançou a cabeça.

– Formas de vida.

– Obrigado, doutora – retrucou o homem. – Sabe dizer algo mais específico, ou espera que a gente adivinhe?

Zahara observava os conjuntos de luzinhas, cada uma um organismo independente. Moviam-se mais rápido do que ela podia acreditar, subindo escadarias, dutos de ventilação e elevadores.

– Isso é impossível. Não tinha nada antes. Tisa, como é que você não os captou antes?

– Não havia formas de vida positivas antes, dra. Cody.

– De onde essas vieram?

Conforme a médica acompanhava a tela, mais luzes vermelhas começaram a aparecer nos andares inferiores, parecendo gerar-se espontaneamente, vindas do nada. Seus pensamentos recapitularam o que Waste dissera-lhe sobre o comportamento molecular do vírus, o modo com que mascarava sua letalidade até que tivesse se reproduzido a um nível em que o hospedeiro não poderia mais se defender com eficácia – *noção de quórum*, ele nomeara. Abruptamente, a moça sentiu como se duas faixas de metal a envolvessem, uma bloqueando sua garganta, a outra lhe pressionando o peito, congelando o ar que respirava.

– Quantas saídas existem aqui? – Han perguntou. A médica então se deu conta de que o homem a chacoalhava. – Oi, doutora, tô falando com você.

– Só... – ela apontou para a escotilha e as escadas que haviam subido na administração – por onde viemos.

– Mais alguma cápsula de fuga?

– Só a que deixamos pra trás.

Zahara estendeu a mão e apontou para a ala oeste da administração, um nível abaixo. O local já estava dominado por colônias de luzes vermelhas. Era o ponto em que vira Trig e Kale pela última vez. Nem quis pensar em onde estariam os garotos agora.

O diagrama da nave mostrava uma ampla escadaria que levava do andar da administração para a ponte. E agora as luzes vermelhas – *luzes mortas*, tagarelou freneticamente a mente de Zahara – moviam-se nessa direção.

– Ótimo – murmurou Han, erguendo a arma e virando-se para a porta. – Pelo visto vamos ter que abrir caminho aos tiros. De novo.

Chewbacca rosnou, balançou a cabeça imensa, e brandiu o rifle, parecendo profundamente infeliz com a situação.

– Espera – disse Zahara, apontando para a torre que brotava do topo do holograma, passando depois para atrás de onde estavam, para a própria ponte. – Cerca de vinte metros atrás de nós, no lado oposto da cabine de comando, tem um elevador de acesso que vai lá pra cima.

Han fitou-a boquiaberto, incrédulo.

– O que, quer *entrar* no destróier estelar?

– É nossa única chance.

– Como dizem lá na minha terra: da toca do nexu direto pra boca dele.

– Seja lá o que são essas coisas, deve haver centenas delas. Quanto tempo acha que vão durar suas baterias?

Foi então que os ouviram chegando.

Era um guincho trovejante, volumoso, carregado de raiva e fome, e condensado numa parede sólida de ruído inumano. O barulho congelou o sangue nas veias da médica. Vinham do andar da administração, pisando firme nos degraus. Zahara olhou para o ponto onde sabia que estava o elevador de acesso. Quando se virou para encarar Han e Chewbacca e gritar que precisavam sair dali imediatamente, viu Kale Longo disparar de dentro da escotilha semiaberta vinda do andar da administração, carregando o irmão nos braços.

– Corram! – Kale gritou, ele mesmo correndo muito, tão freneticamente que seus pés nem pareciam tocar o chão.

A cabeça do rapaz parecia solta nos ombros, girando para olhar para todos os lados ao mesmo tempo, os olhos escancarados de medo. Trig sacolejava, mole, nos braços dele. Zahara pensou nunca ter visto alguém tão aterrorizado na vida.

– Cadê a outra arma, garoto? – Han gritou.

– Tive que largar pra carregar meu irmão…

– Bom, fecha essa porta de onde veio! – ressoou a voz de Han, mas Kale já havia disparado para longe da porta e cruzava a ponte. Han se preparou para empurrar a escotilha deslizante. – Chewie, me dá uma mão aqui?

O Wookiee pôs-se a trabalhar ao lado de Han, ambos forçando o painel para fechá-lo.

– Por aqui – Zahara gritou, e virou à esquerda, correndo ao lado de Kale pela ponte, na direção do elevador de acesso.

Mais à frente, a médica não via nada entre os diversos equipamentos a não ser uma única escotilha aberta.

Tem que estar ali, pensou. *Por favor, que esteja onde Tisa falou.*

Olhando para trás, a moça viu Han e Chewbacca acelerando para alcançá-los. Quando passou pela escotilha, Zahara pôde ver a porta da torre logo à frente; o elevador estava aberto e pronto.

Vamos conseguir, pensou.

Foi quando a porta deslizante que Han e Chewbacca haviam acabado de fechar explodiu.

EXÉRCITO DE ÚLTIMAS COISAS

Kale pulou para dentro do elevador de acesso com Trig ainda nos braços, seguido pela dra. Cody. O garoto olhou para trás e viu Han Solo e Chewbacca ainda no meio do posto de comando. O Wookiee atirava para trás sem nem ver o que os perseguia. Kale também não enxergava e nem queria. Podia *ouvir*, contudo, e ouvir já era o bastante.

– Rápido! – gritou a dra. Cody para Han e Chewie. – Tenho que fechar o elevador!

De onde Kale estava, agachado com o irmão mais novo nos braços, tudo o que conseguia enxergar era a médica erguendo os braços para selar as saídas do elevador. Logo em seguida, Solo e o Wookiee entraram. Chewbacca ainda atirava; a salva de raios tilintava nos ouvidos do rapaz.

Subitamente, Trig sentou-se, com os olhos escancarados.

– Pai?

Kale fitou-o.

– Trig, o que…?

– *É ele*. – O menino já tinha se libertado dos braços do irmão, passado por Han e Chewbacca e saído do elevador de acesso, rumo à cabine do piloto. – O papai tá lá fora! – gritou. – Eu vi! Ele…

Kale disparou atrás do irmão. Estendeu um dos braços o máximo que pôde e agarrou a calça de Trig, enganchando os dedos na barra. Sentiu um baque baixo e abafado quando Trig caiu no chão, depois levou a outra mão em torno da cintura do menino e começou a puxá-lo de volta ao elevador de acesso.

Foi quando olhou para a frente.

E viu seu pai.

Von Longo cambaleava na direção dos filhos numa espécie de corrida desengonçada como algo que fora deslocado em três pontos diferentes de uma vez só – deslocado e quebrado no quadril e nos ombros. Vinha cercado por um grupo de prisioneiros e guardas.

Contudo, Kale reparou, horrorizado, que não eram mais prisioneiros nem guardas, não exatamente, nem o pai era o mesmo. A pele morta amarelada estava manchada pelas duas semanas apodrecendo no necrotério, o crânio estava grotescamente inchado e parcialmente tombado de um lado, de modo que Kale podia ver, muito claramente, a articulação da mandíbula do homem clicando dentro da bochecha.

Kale nem se mexia. Pelo que lhe pareceu uma eternidade, viu o pai cambaleando, vacilante, em sua direção naquela horripilante marcha morosa e desengonçada, o rosto iluminado por uma espécie de saudade canibal.

Finalmente, Kale libertou-se da paralisia e gritou. Levantando-se apressadamente, projetou-se na direção do elevador e viu Solo e o Wookiee puxando Trig para dentro. Contudo, olhavam para além dos meninos, para o corredor de onde vinha a barulheira. Numa imagem quimérica, o rapaz viu o rosto da dra. Cody ficar completamente branco de medo. Viu-a também estender os braços e cobrir os olhos de Trig com as mãos.

Foi quando sentiu que algo agarrava sua perna.

Nem ouviu seu próprio grito.

DIGA TRÊS VEZES

Quando Kale despertou, estava deitado de costas, com a dra. Cody ajoelhada a seu lado. Parecia estar acontecendo muita coisa em torno dele, mas não via nada. As mãos de Zahara moviam-se com tranquila eficiência, envolvendo uma tira de tecido ensanguentado em torno da perna dele uma, duas vezes, apertando bem e amarrando. Kale sibilou, entre dentes, e sentiu um gosto estranho de ferro no ar gelado, de embrulhar o estômago.

Onde estamos?

– Tá tudo bem – dizia a voz da médica, muito distante. – Conseguimos. Estamos dentro do deque de pouso do destróier.

Kale rolou de lado e tentou olhar ao redor. A dor na panturrilha pegava fogo, tão intensa que por um instante ele pensou que não conseguiria falar. Puxou uma lufada curta e cuidadosa de ar e a prendeu até acreditar que não ia mais vomitar, depois tornou a fitar a dra. Cody. O foco da visão começava a ampliar-se um pouco. Atrás dela, Han e Chewie estavam parados em frente à escotilha selada do deque.

– Cadê o meu irmão? – Kale perguntou, rouco.

– Está logo ali – disse a dra. Cody. – Ele está bem. Tente não se mexer.

Kale ergueu o pescoço e viu Trig sentado no chão, encostado na parede externa do elevador de acesso, todo encolhido, queixo repousando nos joelhos, balançando para a frente e para trás, olhando para o nada. Não parecia nada bem. Kale lembrou-se da voz sonolenta do irmão dizendo que o pai estava lá fora, de ver a coisa esfomeada que veio atrás dele, e imaginou se o irmão algum dia voltaria a ficar bem.

Diga, disse a si mesmo, e lembrou-se de uma antiga superstição que ouvira quando era muito criança. *Diga três vezes e vai virar realidade.*

– Fui mordido – disse Kale –, né?

A médica apertou ainda mais o curativo improvisado.

– Tá muito apertado? Preciso conter o sangramento.

– Fui mordido.

– Estão subindo pelo elevador – Han Solo murmurou, dando um ansioso passo para trás, e olhou para Kale e a dra. Cody. – Quando poderemos seguir em frente?

Kale podia ouvi-los – os arranhões. Vinham de dentro da torre do elevador. Mãos socavam e arranhavam do outro lado do tubo. Sons guturais. Aquelas coisas na nave tinham escalado o tubo atrás deles torre acima, ele compreendera. Naquele momento, estavam quebrando as unhas e dentes dentro daquele tubo de metal, tentando sair. O rapaz pensou no que vira quando olhara para o posto de comando. Não era possível, mas era verdade. O som da fome e da raiva, junto com a dor pungente na perna, tornava a memória muito real.

Os corpos da nave-prisão tinham voltado à vida, e seu pai estava entre eles.

Fora seu pai quem o mordera.

Kale sentiu a boca inundada por saliva com gosto de ferro e inclinou-se para a frente, abrindo os lábios para vomitar, mas não saiu nada. O estômago não parava de tentar, no entanto; não desistiria, como teria dito seu velho pai. *Decrépito* pai, zombou sua mente, e seu diafragma tornou a contrair-se e arfar aos espasmos na terrível insistência de um tique muscular involuntário.

— Olha, garoto — ele escutou a voz de Solo dizer, a impaciência penetrando a espessa nuvem de horror que se acumulara em torno de seus pensamentos —, temos que ir.

— Que direção você sugere? — perguntou a dra. Cody.

— Se pudermos encontrar o caminho até o posto de comando do destróier, talvez possamos botar esse monstrengo pra andar.

Chewie soltou um grunhido de dúvida.

— É uma nave, não é? — disse Han. — Se você pilotou uma, pilota todas. A gente só tem que atravessar... — ele acenou vagamente — ... tudo isso.

Kale limpou os olhos e olhou pela primeira vez para toda a área indicada por Han. O deque de pouso e o hangar que os cercavam era um interminável deserto de hiperaço cujo perímetro se esticava tão ao longe que parecia iludir a visão. Apenas a ideia de cruzar tudo aquilo estava além do que ele podia imaginar. Contudo...

— Me ajuda a levantar — disse.

A dra. Cody agachou-se. O rapaz pegou as mãos da médica e içou-se, esticando as costas conforme ela o guiava. No início, chegou a crer que daria certo — que conseguiria mesmo colocar o peso na outra perna também.

— Vai com calma — disse ela. — Sem pressa.

A dor pegou forte, e Kale caiu no chão com um resmungo silencioso que saiu mais como um gemido. Quando olhou para baixo, viu sangue jorrando do ferimento na perna, encharcando o torniquete, tingindo-o de vermelho. Ele viu Trig olhando, mas não entendeu se o irmão estava preocupado com ele ou com o que havia visto lá embaixo. Fazia diferença? Era um problema só agora, a situação espalhava-se ao redor deles feito o sangue espirrado.

— Não dá pra andar assim — disse a dra. Cody.

— Só me dá um minuto.

— Você vai sangrar todo antes de cruzarmos esse deque de pouso.

— Vou ficar bem.

A médica ficou olhando para o rapaz, depois se inclinou perto o bastante para sussurrar.

— Escuta aqui. Entenda uma coisa. Se tentarmos tirar você daqui agora, você vai morrer. — Sem mexer a cabeça, ela apontou para Trig, sentado na parede. — E ele vai ter que assistir a tudo. É isso que você quer?

Kale balançou a cabeça.

— Vou ficar aqui com você — disse ela, alto o bastante para os demais ouvirem. — Han, você e Chewie podem levar Trig para o posto de comando.

Ao ouvir seu nome, o menino deu um pulo e sentou-se mais ereto, balançando a cabeça.

— Não. — Fitava o irmão. — Quero ficar com Kale.

— Vem aqui — disse Kale.

O menino se levantou e foi até o irmão mais velho.

— Eu disse que não deixaria nada acontecer com você — prosseguiu Kale — e não vou. Mas pra cumprir essa promessa, eu preciso que você vá com eles agora.

Trig fez que não de novo, violentamente, lágrimas brotando dos olhos. E disse, num sussurro firme:

— Tô com medo. O rosto do papai…

— Escuta — disse Kale. — *Aquilo não era o papai.*

Trig o fitava.

— Era outra coisa. Sabemos como era o papai. Sabemos como era antes, e aquilo não era ele. — E aguardou. — Certo?

— Mas…

— Era ele?

Trig balançou a cabeça.

– Você tem que ir. Te encontro depois.

– O que vai acontecer com você? – Trig perguntou.

– A dra. Cody e eu vamos nos juntar a vocês assim que possível.

– Promete?

– Prometo – disse Kale, e ficou feliz quando a dra. Cody colocou as mãos nos ombros de Trig para virá-lo para Solo e o Wookiee. Ver a expressão aterrorizada, de coração partido, do irmãozinho estava ficando insuportável, mas Kale forçou-se a fazê-lo por mais um segundo. – Trig?

Os olhos do menino brilharam para o irmão.

– Eu te amo – disse Kale.

– Então não me faz ir com eles.

– Doutora, quer ficar com a arma? – perguntou Solo.

Zahara olhou para ele, surpresa.

– Daria mesmo sua última arma pra mim?

– Bom – disse Han, desviando o olhar –, sabe, se aquelas coisas começarem a sair pelo elevador…

– Tudo bem.

– Tem certeza?

Ela fez que sim.

– Não vamos ficar aqui por muito tempo. – E olhando para Trig: – A gente se vê muito em breve, tá?

Kale observou a expressão do irmão, mas Trig não disse nada, nem fez que sim, enquanto era levado por Han Solo e Chewbacca.

COISAS QUE NÃO SE ESQUECEM

Começaram a cruzar o hangar sem falar nada.

Han foi primeiro, carregando a única arma na cintura. Chewbacca e ele pareciam saber aonde iam, e Trig os seguia um passo – sonolento e rastejante – atrás. De vez em quando o Wookiee erguia a cabeça e resmungava, como se provasse o ar e não gostasse do cheiro, e Han dizia "É, eu sei", mas apenas continuavam caminhando.

O silêncio era uma nuvem negra pairando sobre eles. O único barulho vinha do ritmo constante e ecoante dos pés contra o amplo piso de metal, e lá fora, o crepitar do destróier estelar no vácuo negro do espaço. Fora isso, não havia som algum, o que apenas acentuava o tamanho da nave e a infinitude do vazio ao redor.

Trig odiava isso.

Num silêncio desses sua mente vagava – embora *vagar* fosse um termo muito suave. A mente dele corria livre, dava cambalhotas aos berros dentro do crânio, feito um lunático que acabara de assassinar a família toda, parando do nada pelos cantos para ruminar perante um ou outro troféu macabro.

Por que estou pensando assim?

Contudo, o menino sabia exatamente por quê.

Pensava na coisa que avançara sobre ele de dentro da cápsula de fuga, a coisa de que não teve chance de falar a ninguém, nem mesmo ao irmão. A coisa havia sido um preso, um humano com uniforme de preso, mas as circunstâncias a tornaram algo inteiramente diferente. O rosto morto, macilento, e os olhos negros cavados ainda tinham aparência vagamente humana, mas a criatura saltara de dentro do casulo com um rosnado que definitivamente *não* era humano. Avançara para a garganta de Trig, cujos reflexos foram o único motivo pelo qual ela não tivera sucesso.

O menino girara e fugira às pressas pelo corredor, mergulhando no elevador de manutenção, e se agarrara à parede enquanto a coisa passava voando por ele aos gritos frenéticos. E então, escondido ali dentro, os dedos lentamente ficando dormentes, Trig ouvira a coisa atingir o fundo do poço com um baque, o respirar entrecortado, ainda faminto, ainda tentando erguer-se para pegá-lo.

Pensava nesse preso, do jeito horrível que estava, sem parar, dizendo a si mesmo que era melhor do que pensar na outra coisa.

A coisa que abrira caminho pelo posto de comando em direção ao elevador de acesso.

A coisa que tinha o rosto de seu pai.

Aquele rosto, também inchado e macilento, pendurado no crânio do bicho feito uma máscara mal colocada, esticada nos olhos. A mente de Trig recusava-se a soltar a lembrança. Ficava pensando no modo como sorrira para ele, como se o reconhecesse. E todos o outros, os guardas e prisioneiros.

Não era o papai, ele dizia. *Kale disse que não era, e você também viu. O papai morreu, você disse adeus pra ele. Sei lá o que era aquela coisa lá, mas não era o papai.*

E dava quase para acreditar.

Quase.

A não ser pelos olhos.

Os olhos sempre foram o traço mais marcante do pai, aquelas íris azul-claras riscadas por fagulhas douradas, as pupilas negras questionadoras, sua vivacidade e clareza, o modo como procuravam o outro, fazendo-o sentir-se como se não houvesse mais ninguém por perto. Trig gostava muito de conversar com o pai, que sempre conseguia fazê-lo rir apenas com o olhar.

A coisa que ele vira tinha os olhos de seu pai.

Atrás de si, Trig pensou ter ouvido alguma coisa andando no hangar principal do destróier e na hora olhou para trás. Podia sentir o sangue formigando na ponta dos dedos. Não havia nada lá, nada exceto o comprido piso de hiperaço no qual caminhavam, e muito ao longe, do outro lado, quase fora de vista, as formas pequeninas de seu irmão e da dra. Cody.

Tô ficando maluco, pensou ele, e a ideia não trouxe sensação de medo – na verdade, trouxe alívio. O menino vinha perdendo a noção das coisas devido ao que andava acontecendo nos últimos dias, e o que acabara de ver apenas solidificara tudo. Loucura, claro, e por que não? O que mais podia se esperar de alguém quando os mortos voltavam à vida e tentavam arrancar a pele do seu pescoço?

E se um desses mortos fosse o seu pai?

Mas Kale disse...

– Kale está errado – ele murmurou. – Está *errado* – repetiu, concordando com as próprias palavras, porque ser maluco significava poder falar a verdade. Não era mais preciso fingir que estava tudo bem, e isso era bom.

Ele ouviu aquele farfalhar furtivo atrás de si de novo e deu meia-volta, mas não havia nada mesmo ali. Nem dava mais para ver seu irmão e a dra. Cody no hangar; seus contornos tinham sido absorvidos pela distância e falta de luz. Ou talvez a coisa que os seguia já tivesse comido os dois e eles também estavam mortos, o que significava que Trig os veria muito em breve, certo?

No fim das contas, a doença os traria de volta. No fim das contas, talvez a doença fosse trazer todo mundo de volta.

Trig começou a sentir como se mergulhasse numa banheira cheia e quente. Sua audição foi ficando abafada, a visão, suavizando nas extremidades, borrada em sombras profundas que tomavam o deque. Não era de estranhar que o Império tivesse abandonado esse destróier estelar ali, num canto remoto da galáxia – aquela doença era pior do que qualquer coisa de que ele já ouvira falar; fazia Darth Vader e seus exércitos infinitos parecerem quase inocentes, em comparação. Esse pensamento fez o menino ter vontade de vomitar e rir ao mesmo tempo, porque era isso que as pessoas faziam, era exatamente isso o que as pessoas malucas faziam quando seus pais voltavam da morte e tentavam atacá-las.

"Garoto?"

"Ei, garoto, você...?"

Ele reparou que parara de andar. Han Solo estava parado à sua frente, fitando-o atrás do que parecia ser uma camada grossa e imóvel de ar. Trig via a boca do homem se mexendo, viu-o franzir o cenho, fazer uma pergunta...

"... você vai..."

Contudo, o menino não conseguia entender o que Han dizia. Era como se o homem falasse em outro idioma. Ele pôs-se a chacoalhar o menino pelos ombros, e então a cera mole que entupia os ouvidos de Trig começou a derreter, abrindo sua audição.

– ... ficar bem? – perguntou Han.

Ao ouvir a voz dele, Trig sentiu o ar pesado ao seu redor se mexer, tornando-se menos firme, como se finalmente saísse de dentro de uma crisálida invisível e respirasse livremente pela primeira vez. O nariz ardeu e a garganta doeu como se ele tivesse tentado engolir alguma coisa grande demais, e notou que ia começar a chorar de novo. Mesmo que não tivesse mais lágrimas.

Han ficou ali parado, fitando-o com uma cara esquisita.

– Meu pai... – Trig conseguiu dizer, e foi tudo.

Han abriu a boca para dizer alguma coisa, mas não disse. À sua esquerda, Chewbacca inclinou-se para a frente e passou o braço em torno de Trig. Foi como ser envolvido por cobertor quente, fedendo um pouco a bolor. Trig podia sentir o coração do Wookiee batendo, bem como um ronronar suave e confortante desprendido do peito cavernoso. Lentamente, soltou-se do Wookiee e se afastou.

– Beleza – disse Han, e limpou a garganta. – Você tá bem?

Trig fez que sim. Era mentira, não estava nada bem. Mas estava melhor – um pouco.

Olhou ao redor e viu que estavam entre diversas pequenas naves, que já havia visto do outro lado do deque. Veículos velhos e enferrujados, cápsulas de fuga previamente utilizadas, naves e lançadores rebeldes capturados e um pequeno cargueiro corelliano. Jaziam às pilhas ao redor deles, um modesto sortimento de aeronaves arruinadas.

O Wookiee latiu uma pergunta.

– Não – disse Han –, duvido muito. – Ele apontou. – Podemos seguir pelo corredor principal, ir adiante.

– É – disse Trig, porque sabia que esperavam alguma resposta dele.

– Vamos demorar um pouco pra chegar no posto de comando. Essas naves tem um quilômetro de comprimento. Mas se tem motor, podemos pilotar.

Trig concordou. Retomaram a caminhada.

Lá de trás, muito distante, ele ouviu um barulho.

Gritos.

Seno

Zahara saltou para o lado e olhou para o elevador de acesso. Os gritos que vinham lá de dentro não eram humanos. Eram estridentes e agudos e cheios de ódio, abrangendo talvez centenas de vozes na mesma nota – *IIIIIIIIII*. Oscilavam numa onda que o lado matemático da mente dela insistia em desenhar, avolumavam-se até espremer os ouvidos dela, diminuíam até silenciar, depois se elevavam novamente na mesma frequência de dinâmica precisa.

Kale gemeu. Murmurava alguma coisa. A médica se abaixou para escutar.

– ... orta fora...

Ela fitou o rapaz, surpreendida pelo que havia entendido. E, para o caso de ela *não ter* entendido, ele estava totalmente consciente, encarando-a, apontando para a perna enfaixada.

– Doutora, por favor. Tem que fazer isso.

Outro grito preencheu o ar, *iiiIIIiii*, e ela esperou até que parasse.

– O quê?

iiiIIIiii...

– Corta fora.

iiiIIIiii...

– Não é preciso – ela disse. – Não agora.

iiiIIIiii...

– Posso sentir a coisa subindo por mim. Tem que cortar. – Os olhos do rapaz brilhavam de medo e absoluta lucidez. – Por favor, não importa quanto doa, faça isso, corte fora.

iiiIIIiii...

– Não posso fazer isso.

– Então me mate.

Os gritos espiralaram mais uma vez, mais altos que antes, avolumando-se e baixando no mesmo movimento. Continuou enquanto conversavam, então Zahara passou a gritar para poder ser ouvida.

– Seu irmão foi junto com Han e Chewbacca, foram procurar comunicadores e suprimentos médicos. Você vai ficar bem, confie em mim. A dor tá muito forte?

– Não sinto dor nenhuma.

– Quê?

– Não é isso. Não dói. Mas posso sentir, onde meu pa... onde ele me mordeu. – Os olhos do rapaz ficaram escancarados, brilhando como vidro quebrado, e a médica pôde escutar o assovio do ar deixando os pulmões dele ao perder a batalha para o pânico. – Desenfaixe, pelo menos, pra eu poder ver. Vou te mostrar.

– Preciso manter a pressão no...

– *Tá subindo em mim!*

– Kale, pare!

O garoto se sentou e agarrou o torniquete ensanguentado, e começou a descascar as camadas. Zahara tentou impedi-lo, mas ele a empurrou sem nem olhar para ela, decidido a remover as faixas de lona que ela arrancara da própria jaqueta. As restantes caíram numa pilha vermelha encharcada.

– Viu? – O rosto de Kale ficou vermelho, em aterrorizado triunfo. – Eu disse.

Zahara viu. Havia um naco de carne do tamanho do punho dela faltando da panturrilha do rapaz. O osso exposto brilhava visivelmente por trás de uma rede de músculo e vasos rasgados. A carne purulenta ao redor do machucado tinha ganhado uma coloração acinzentada de gangrena. Ela observou com horrenda fascinação conforme o cinza começou a subir pela perna dele, passou pelo joelho e ganhou a coxa, fazendo-a pulsar claramente com gelatinosa vitalidade. Era como se uma mão deslizasse por baixo da pele, avançando vorazmente para o tronco.

– Tira isso de mim! – Kale guinchou, a voz aguda e débil, batendo no peito, unindo sua voz aos gritos que vinham do elevador. – *Corta fora, tira isso de mim, tira isso de mim!*

Zahara sentiu que as engrenagens do tempo desaceleraram até parar. Sua mente voou em busca de um de seus professores de Rhinnal, algo que ele dissera um dia na sala de aula: "*Vai chegar o dia em que você terá que lidar com uma situação para a qual estará totalmente despreparada, tanto física como emocionalmente. Nesse dia, você descobrirá que tipo de médica realmente é: quanto vai ceder ao medo e quanto vai se lembrar do seu treinamento*".

Ela abriu o bolso da calça cargo que vestia e tirou dali o kit médico, que também abriu. Lá dentro havia bisturi, gaze, esparadrapo – as ferramentas mais rudimentares de seu ofício. À sua frente, Kale continuava gritando. A pulsação cinza inchada que ela vira havia pouco havia passado da linha da cintura do rapaz, ondulando-se debaixo do abdômen, transformando a pele rosada num tecido sem cor nem vida. Uma cena de dar nojo – era como ver a carne apodrecer de dentro para fora.

Ele está morrendo. Ou pior. Portanto mexa-se.

A médica sacou um bisturi do kit e direcionou sua ponta afiada para a carne exposta logo abaixo do umbigo do menino. Por um instante, os gritos de medo que Kale soltava foram substituídos por grito de dor, e ele a encarou boquiaberto e totalmente confuso conforme ela ampliou a incisão ainda mais, cutucando com os dedos por entre uma camada melequenta de gordura até encontrar o músculo abdominal contraído logo abaixo. Suor frio desprendia de sua testa e acima do lábio. Zahara nem se dava conta disso; havia extinguido qualquer detalhe além da tarefa que tinha em mãos.

As fibras musculares deslizavam entre os dedos dela feito fios tensos de lã. Ela podia vê-los em sua mente, sentindo o calor anormal abaixo deles, aquela presença intrusa, aquela coisa que abria aos cortes um pegajoso caminho para cima. Seus dedos detectaram um movimento muito suave, e ela agarrou a coisa e a apertou. Ouviu-se um pipocar de algo que se rompia, e alguma coisa espirrou por baixo da camada de músculo, um líquido grosso necrosado de pústula que cobriu as mãos dela até os punhos.

Àquela altura, a gritaria que vinha do elevador estava mais do que ensurdecedora.

Zahara arrancou as mãos às pressas e observou-as, vendo o modo como o líquido coalhado pareceu primeiro coagular, depois se agitou e começou a de fato *rastejar* por cima da pele dela como luvas vivas, procurando uma abertura, um ferimento que pudesse usar para penetrá-la. A coisa causava mais dor conforme continuava exposta ao ar, e Zahara a limpou nas calças, contendo uma ânsia de vômito, dizendo a si mesma que se perdesse a cabeça naquele momento não conseguiria se controlar mais.

Deitado no chão, Kale tinha ficado pálido feito cinzas. Fitava a médica em estado de choque. Ela torcia para que ele desmaiasse, mas até o momento isso não havia acontecido, embora pelo menos ele tivesse parado de gritar.

– Tenho que mexer mais um pouco – ela disse –, tenho que ter certeza que tirei tudo.

Antes que o rapaz pudesse se manifestar, a médica meteu a mão dentro da incisão, deslizou lá dentro, tateou ao redor, esperando sentir aquele pontinho de atividade entre os dedos, mas não houve nada. Quando olhou para baixo, viu que a cor escura apodrecida continuava ali, logo acima da cintura, mas não havia subido mais.

– Acho que tirei tudo.

Ela respirou fundo e olhou para Kale. O rapaz havia finalmente apagado, olhos quase fechados, cabeça virada para o lado. Zahara juntou a camisa que rasgara dele e começara a dobrá-la, para então pressionar sobre o ferimento para conter o novo sangramento que criara. Sentou-se, respirou um pouco, conseguiu baixar a frequência cardíaca para um nível um pouco mais próximo do normal. Não sabia muito bem se tinha feito mais mal do que bem, mas Kale estava vivo e respirando, e se ela não tivesse feito nada talvez não fosse mais esse o caso.

Foi somente um pouco depois, quando ela havia finalmente se acalmado levemente, que notou que o elevador de acesso ao lado deles tinha caído em completo silêncio.

A gritaria lá dentro cessara.

E então, muito distante, ela ouviu outro barulho, um rugido fraco em resposta.

Alguma coisa, do outro lado do destróier estelar, gritava de volta.

LAMENTO DO TANQUE NEGRO

Chewbacca estava preocupado com o menino. Trig não falava nada. Han também não, mas o Wookiee estava acostumado com isso, dependendo das circunstâncias. O menino, no entanto, era outra história. Crianças precisavam se expressar. No pouco tempo que passaram juntos, Chewie vira o menino lidando com coisas muito pesadas para sua idade, e se ele as guardasse dentro de si, poderia piorar a situação de todo mundo.

Tudo começou quando escutaram Kale gritando do outro lado do hangar. Trig quisera voltar, e Han tivera que segurá-lo com força para impedir que saísse correndo.

– Ele vai ficar bem – dissera Han, e embora Chewie soubesse que era mentira, compreendia a intenção: levar o menino o mais longe possível do elevador de acesso antes que aquelas coisas escapassem dali.

Trig debatera-se, lutara com força, chutando e socando, tentando libertar-se, até que Chewie teve que intervir, pegando o menino no colo. Dessa vez não foi um abraço, nem perto disso. O menino era mais forte do que parecia. Chewie acabou tendo de carregá-lo por mais uns vinte minutos até que, muito baixinho, ele murmurou:

– Pode me pôr no chão agora.

Foi a última coisa que disse.

Por mais que entendesse a missão – distanciar-se o máximo possível do elevador –, Chewbacca não gostava nada de aventurar-se cada vez mais afundo no destróier. Os longos corredores, os espaços vagos que iam encontrando, dobrando esquinas e não vendo nada além de droides perdidos, o vazio que não sentiam de fato como vazio – quem havia desenhado tudo aquilo, e quem largara tudo aquilo ali? Haviam todos morrido? Se sim, o que acontecera aos corpos? Alguns dos sistemas aviônicos ainda funcionavam e, ocasionalmente, o grupo encontrava cabines vazias com luzes piscando, sistemas atmosféricos e de navegação operando, incansáveis, sem a influência de qualquer ser vivo.

No final de um dos corredores, depararam com um capacete de stormtrooper deitado de lado feito um crânio quebrado. Um segundo balançava, preso a uma corrente, o visor manchado de sangue seco. Han chutou o primeiro e Chewie farejou algo horrivelmente podre e doce dentro: a proteção da boca tinha sido

calculadamente arrancada para expor o maxilar do soldado. Era como um arte-
fato de uma civilização antiga, de um culto canibal. Por que alguém ia querer
um troço desses?

Sentiam-se como se estivessem caminhando havia séculos, mesmo sem
ter coberto nem um centésimo da distância que ainda tinham de percorrer. E
o que aconteceria quando finalmente alcançassem o posto de comando? Apesar da bravata do amigo, Chewie não tinha certeza se saberiam mesmo pilotar
o destróier estelar.

Encontraram mais uma arma de raios – a primeira descoberta signifi-
cativa até o momento, e Chewie ficou feliz de ter uma para si, mesmo que
somente para proteger melhor o menino.

– Que é isso? – disse Han, mais à frente. – Chewie, me dá uma ajuda aqui?

Chewbacca olhou para trás, para certificar-se de que o menino os acompanhava – ele vinha andando, olhos grudados nos pés –, depois juntou-se a
Han, que apontava para uma pilha de caixotes que bloqueava a passagem.
Pareciam ter sido largados ali por alguém com pressa para ir cuidar de outros
afazeres. Chewie estudou os dizeres gravados numa das caixas.

DIVISÃO DE ARMAS BIOLÓGICAS DO IMPÉRIO

Quando tornou a olhar para o amigo, ele já estava pondo as caixas de
lado, tentando abrir o caminho. Um engradado maior caiu do topo da pilha,
e Chewbacca viu um cilindro de aço vermelho rolar para longe. Ela bateu na
parede com um baque vazio, girou e parou na bota de Han.

– Com o que esses malucos andavam mexendo, afinal? – disse Han, mais
para si mesmo do que para Chewie, mas o Wookiee ofereceu sua opinião mesmo assim, de que nada daquilo lhe causava muito boa impressão com relação
ao futuro deles.

– Esse aqui estourou a válvula de pressão – disse Han, inspecionando o
tanque. – Não tem marca nenhuma nele, como se tivesse sido inteiro pintado
de vermelho. Tá vendo mais dessas coisas por aí?

– Aqui em cima – disse Trig.

Enquanto Han falava, o menino escalara a pilha seguinte de caixas, vinte ou trinta, pelo menos, empilhadas às duplas e trios. O garoto era ágil. Chewbacca levou quase o dobro o tempo para subir na pilha ao lado, para depois tirar a tampa de uma e olhar lá dentro.

As caixas estavam cheias de cilindros, dezenas deles, arrumados em fileiras ordenadas. Havia uns poucos tanques vermelhos, mas o restante – os que haviam sido empacotados com precisão militar – eram pretos. Chewbacca ergueu um dos pretos e ouviu um líquido lá dentro.

Ele ergueu o cilindro para Han poder vê-lo e disse, em Shyriiwook: "Ainda tá cheio".

– Fórmula diferente, talvez – disse Han. – Ponto de combustão diferente, ou outra coisa... vai saber. – Ele ouviu um baque quando o cilindro escorregou da mão de Chewbacca e atingiu os outros dentro do caixote. – Ei, cuidado com isso aí!

Chewie devolveu o cilindro preto para seu lugar, notando que o indicador já mostrava pressão máxima. Ele imaginou por quanto tempo os tanques aguentariam antes de começar a vazar como os vermelhos, e o que aconteceria quando seu conteúdo se espalhasse pela atmosfera do destróier.

Ele não contou a Han o que sentira dentro do tanque que quase o fizera largá-lo. O líquido que se movia lá dentro girava sem parar, e de fato parecia girar por conta própria. Como se houvesse alguma coisa se espalhando por dentro dos cilindros, respingando em suas paredes internas, tentando sair. Alguma coisa viva.

– Quem teve a brilhante ideia de trazer essa coisa a bordo, afinal? – perguntou Han, desgostoso, sem esperar resposta.

Ele já tinha escalado a barricada improvisada de caixas, seguindo Chewbacca e Trig até o outro lado. O Wookiee possuía a melhor audição entre os três, e podia jurar, enquanto seguiam adiante, que ouviu alguma coisa começar a sibilar.

Foi quando Han congelou.

– Que foi isso?

Chewie parou e ergueu a cabeça, atento, com uma sensação crescente de apreensão. Podia ouvir um som acima de suas cabeças – um grito crescente. O barulho vinha acompanhado de um som de rufar, como se alguma criatura gigantesca de muitas pernas pisoteasse com força o piso acima do teto de hiperaço.

Han apontou na direção para onde seguiam.

– Tá vindo de lá.

Chewbacca viu o menino ficar boquiaberto de choque. As luzes começaram a tremer, e o Wookiee ouviu o crepitar e pipocar do metal sobrepujado pelo peso da coisa que se aproximava.

– Pra trás, garoto – disse Han, empurrando Trig para o lado e erguendo a arma. – Acho que vai...

O teto cedeu, rasgou e partiu-se. Através do buraco, Chewbacca enxergou uma massa sólida de braços, pernas e rostos de olhos negros que já tentava abrir caminho. Alguns usavam uniformes imperiais; outros portavam armaduras de stormtrooper – uma proteção de perna aqui, uma de ombro acolá – ou vestiam capacetes quebrados. Só nesse momento pôde ter uma ideia de quantos deles havia lá em cima: algumas centenas, talvez mais – todo um exército de mortos. E queriam descer para pegá-lo.

Para pegar o menino.

Chewie nunca soube direito quem atirou primeiro: ele, Han, ou talvez os dois ao mesmo tempo. Dispararam uma saraivada de raios na massa misturada de corpos enroscados. Depois disso, já não importava mais: algum pedaço vital da infraestrutura dentro do teto fez um sonoro *pop*.

Foi como se um buraco tivesse sido aberto entre o mundo dos vivos e o dos mortos. Verteram corpos à frente deles, uma avalanche de carne amarelada fedida e armaduras quebradas, mãos ávidas e bocas gritantes. Alguns deles pousaram de pé; outros chegaram ao chão de quatro e ficaram assim, como animais ferozes, mostrando os dentes. Seus olhos não demonstravam afeto nem vida, apenas uma fome hedionda.

– Pra trás! – gritou Han.

O menino nem se mexeu. Estava paralisado, pensou Chewbacca, então agarrou Trig pelo braço e colocou-o atrás de si enquanto ele e Han abriam fogo.

As criaturas mortas contraíram-se, como se não esperassem pelos raios. Chewie disparava nos alvos mais próximos, vendo capacetes de stormtroopers explodindo e se estilhaçando para revelar rostos inchados e apodrecidos, cuja única expressão era uma espécie de raiva dissimulada. Ao lado dele, Han gritava alguma coisa, mas Chewbacca não conseguia ouvir por conta dos tiros. O corredor à frente deles estava tomado pela fumaça. Muito distante, como se na outra ponta do espaço, ele sentia Trig abraçado forte nele, os dedos do menino cravados em seu braço, agarrando-se à vida.

À frente e acima deles, mais criaturas transbordavam do alto, meio caindo, meio pulando, corpos frescos empilhando-se por cima dos que já estavam lá. Chewie compreendeu que não importava quanto nem como cobriam os corpos com tiros – chegavam sempre mais. E rugiu, furioso.

– Eu sei, eu sei! – Han agarrou o braço do Wookiee. – Vai em frente, eu dou cobertura!

Chewie viu Han apontando para outra escotilha no final do corredor. O Wookiee apanhou o menino, girou e se pôs a correr, para mergulhar dentro dela sem nem olhar para trás. Um instante depois Han saltou atrás dele, colidiu contra o console do outro lado, fechou a porta e atirou pela fresta. Chewbacca reparou que já podia ouvi-los do outro lado, atacando a porta, gritando.

Ele e Han trocaram um olhar, e o Wookiee viu algo no rosto do amigo que não via há muito tempo: medo de verdade. Por um momento, Han ficou tão pálido que a cicatriz no queixo destacou-se em alto-relevo. Foi como vê-lo envelhecer prematuramente, vinte anos num instante.

Han abriu a boca para falar, mas alguma coisa atingiu o outro lado da escotilha com peso e força impensáveis. Foi como se tudo que era inevitável no futuro deles, por mais breve que esse fosse, tivesse acabado de chegar àquela escotilha com uma bocarra cheia de dentes amarelos e brilhantes.

Eles saíram correndo.

31

PILOTO DE CAIXÃO

Quando Jareth Sartoris abriu os olhos, ainda estava dentro da cápsula de fuga. Sentia como se a cabeça tivesse sido partida ao meio por um cajado gaffi, e a perna direita estava torcida, presa pelo painel frontal parcialmente pendurado.

Cautelosamente, com bastante esforço, conseguiu extraí-la, deslizando o joelho para cima e girando o tornozelo lentamente, preparando-se para sentir uma dor aguda que no fim não sentiu.

Nada quebrado.

Respirou fundo, exalou um suspiro de alívio, os sentidos ainda retornando, um pouco por vez. Onde estava, no espaço? Será que tinha passado muito tempo apagado?

Ele olhou para a tela de navegação da cápsula e checou a contagem, ainda mostrando minutos e segundos desde que partira da nave. De acordo com as leituras, ele ejetara quatro horas antes, o que significava que estivera inconsciente desde...

Sartoris virou o rosto e olhou pelo vidro estilhaçado. Então se lembrou.

A cápsula havia ejetado da *Purgação* conforme o planejado, deixando os irmãos Longo parados ali com expressões de angústia estampadas no rosto. O remorso que Sartoris sentira nesse momento de fato o pegara de surpresa. Será que os meninos chegaram mesmo a pensar que ele os levaria junto?

Não, claro que não. No Serviço de Correção do Império havia um ditado: *"Não há crianças aqui"*. Eram presos, condenados, nada além de inimigos do Império, e não importava o que ocorrera entre ele e o pai deles – Sartoris já passara a pensar na morte de Longo vagamente, como uma trivialidade –, isso não tinha nada a ver com nada agora.

Entretanto, uma voz falara dentro dele, fraca, porém implacável: *Você matou o pai deles e agora os deixa para morrer.*

Verdade. E daí? Era difícil crescer na galáxia. O pai do próprio Sartoris, um ladrão de galinhas viciado em bastões mortais, espancara-o sem piedade durante toda a infância, parando às vezes apenas por temer ter matado o filho. Certa noite, quando Jareth tinha dezesseis anos, o pai veio atrás dele com um tacape enferrujado. Pela primeira vez o garoto se impôs, arrancou a arma do pai e meteu-a no crânio dele. Jamais se esqueceria do rosto do homem ao morrer, aquela miserável expressão aturdida, como se não pudesse compreender por que seu filho se virara contra ele. Mais tarde, Jareth arrastou o corpo para fora do casebre que dividiam e abandonou-o num beco. A polícia local simplesmente suporia que o homem tinha sido vítima de mais uma de suas más decisões. No dia seguinte, Jareth mentiu sua idade, alistou-se no Império e nunca mais olhou para trás.

Sartoris não tinha filhos – pelo que sabia, pelo menos –, e isso era uma bênção. Ao longo da vida adulta, raramente perdera tempo pensando na criatura vociferante e caótica que um dia dissera ser seu pai, muito menos na possibilidade de ele mesmo tornar-se um. Contudo, quando a cápsula disparou para longe da nave-prisão, deixando Trig e Kale Longo para trás, Sartoris se deu conta de que vinha recordando o velho mais vividamente do que o fizera em anos. Na verdade, *recordar* era um termo sentimental demais. Era quase como se Gilles Sartoris estivesse sentado ao lado dele, reluzente de orgulho pelo modo como seu filho – após toda uma vida de malfeitorias – finalmente alcançara seu destino final. Só porque Jareth Sartoris jamais tivera filhos, isso não o impedira de relegar os filhos de outro à escuridão permanente.

Estivera pensando nessas coisas, quatro horas antes, quando notara que algo estava errado. Imediatamente, alarmes começaram a berrar dentro da cápsula de fuga – alguma coisa no sistema de direção tinha dado muito errado. Em vez de espiralar para o espaço, ele sentia que sua trajetória traçava uma curva para o alto, virando a cápsula de lado, içando-a ao longo da altura da nave. Ele olhou pela janela...

E então ele a vira acima, a bocarra aberta do hangar do destróier estelar descendo do alto, conforme a cápsula subia até ele.

Um raio de tração, pensou, sendo engolfado pelas sombras do hangar. *Foi por isso que não íamos para a frente, mesmo com os propulsores consertados: havia um raio de tração ligado*. Ele se lembrava de ter pensado que, tendo um pouco mais de duzentos metros, a nave-prisão era ligeiramente grande demais para ser puxada para dentro do hangar, mas o destróier poderia ter se grudado logo depois de aportar, segurando a nave pela torre que as conectava. Quando os engenheiros descobrissem o que estava acontecendo, seria tarde demais.

Conforme a cápsula plainara para dentro do deque, Sartoris sentiu que deslizava na horizontal, depois sofreu um solavanco e caiu com um baque de sacudir os ossos. A cápsula amassou um pouco, metal rangendo contra metal como se presa entre dois objetos maiores, e então as laterais começaram a enrugar para dentro. Na perna, Sartoris sentiu um disparo agudo de dor quando o painel de navegação caiu por cima dela. A cápsula disparou para a frente de novo. O capitão foi jogado de cabeça e colidiu com algo no impacto.

A última coisa que vislumbrou antes de apagar foi o pai sorrindo ao lado dele.

Agora que tinha recuperado a consciência, Sartoris soltou as faixas que lhe prendiam os ombros e respirou fundo, pondo toda dúvida de lado. Estava vivo e isso era o que importava. Passou o sistema de trava interno para o manual, dobrou a perna e a mandou à frente, chutando a porta. A escotilha soltou das dobradiças, voou pelos ares e desapareceu. Um instante depois, ele a escutou cair com um baque à distância.

Sartoris enfiou a cabeça para fora e olhou ao redor. A cápsula havia pousado entre duas outras naves, uma X-wing antiga e um caça TIE tombado, deitado por cima de uma das asas. Para sorte dele, a cápsula pousara com a escotilha para cima; do contrário, ele ficaria preso ali para sempre, guardado por dois ícones da disputa galáctica. A ideia de morrer de fome dentro da cápsula, metendo o ombro contra a escotilha até ficar fraco demais para se mover, não lhe permitiu apreciar o simbolismo de uma morte dessas.

Abaixando-se, Sartoris passou para a X-wing e esperou um instante antes de pular para o solo, de onde olhou ao redor do hangar.

Estava exatamente do modo como ele se lembrava, quase totalmente desolado com um punhado de naves abduzidas espalhadas naquela região. Sartoris seguiu em frente, ciente do tornozelo dolorido, tomando cuidado para não escorregar e piorar as coisas. Na última vez que passara ali, ordenara que o restante da equipe de busca fosse em frente sem parar para uma inspeção detalhada, mas agora era hora de zanzar por entre os veículos com os olhos aguçados de um homem avaliando seus recursos. Na sua época, tiravam sarro dos pilotos que voavam nesses TIEs menores devido à alta taxa de mortalidade desse tipo de missão – chamavam-nos de pilotos de caixão. Olhando para o alto, Sartoris viu como as escotilhas e capotas haviam sido arrancadas, algumas com tanta força que ficaram penduradas pelas dobradiças. Ele imaginou se esses pilotos de caixão tinham tentado escapar lutando ou se houvera algum predador do lado de fora tentando entrar.

Que tipo de predador? Está tudo vazio aqui dentro, lembra?

Como resposta, um coro alto e frenético de gritos soou pelo hangar, rasgando um buraco no silêncio. Foi tão inesperado que Sartoris deu um pulo de susto e sentiu a pele das costas eriçando-se pelos ombros e braços. O couro cabeludo pareceu subitamente apertado demais para o crânio. Por um instante, ficou ali parado, imóvel, sentindo um terror pesado, profundo e irracional avultando-se na boca do estômago, e olhou ao redor do hangar, sem conseguir ver nada.

Mais um disparo de gritos, dessa vez mais altos.

Diretamente da infância, outra imagem do pai perpassou a mente do homem, sem grande motivo: o velho fazia um barulho com os lábios – os bastões mortais deixavam sua boca seca. Sartoris nunca se esqueceu do som úmido e suave que o pai fazia ao entrar no quarto para cumprir a sova noturna.

– Controle-se – murmurou, o coração martelando contra as costelas doloridas, sem nem perceber que falava em voz alta. – Basta! Tenho que…

Então o grito veio de novo, dessa vez parecendo emanar de todo canto ao mesmo tempo. Traçava uma onda de volume, quicando pelas paredes do hangar feito um ser vivo caçando seu alimento.

Sartoris girou, prestes a gritar também. Não via nada. Os gritos – havia mais gritos ainda, um clamor ciclônico de raiva – continuavam elevando-se, preenchendo o vazio deque de pouso com um estrondo de sangrar os ouvidos. Ele gostaria de poder convencer a si mesmo de que era alguma espécie de alarme, um duto de ventilação, qualquer coisa além do que de fato era: uma cacofonia de vozes humanas.

Escancarou ainda mais os olhos, sedento por informação, sem nada ver. A acinzentada extensão mal-iluminada do hangar principal não tinha fim, uma equação sem quociente. Ocorreu-lhe que não chegaram a descobrir o que acontecera à outra equipe de busca, os que desapareceram ali em cima.

Os gritos que ouvia eram diferentes de tudo o que conhecia, talvez chegassem perto apenas de seus piores pesadelos de infância. Eram os gritos dos mortos, pensou de repente, de corpos que não queriam ser enterrados.

E pareciam ter muita fome.

Subitamente, ele quis fugir.

Pra onde?

Foi quando começou o tiroteio.

VIAGEM DE ÓDIO

Na primeira vez que ouviu os tiros, Zahara deu um pulo para longe do elevador, num reflexo instintivo. Então sua consciência tomou o controle e ela voltou, pegando Kale por baixo dos braços para arrastá-lo para longe do elevador. Conforme carregava o rapaz ao longo do piso do hangar, o peso de seu corpo machucado vergava para o lado nas mãos dela, a cabeça solta, mas ela via os olhos dele parcialmente abertos, um ponto de lucidez ainda enterrado lá no fundo, em algum lugar.

– Atirando – ele murmurou. – Por que tão...

O garoto ergueu um pouco as pálpebras, a consciência surgindo em suas feições, e franziu o cenho. A boca abria e fechava, tentando formular mais palavras, fazer uma pergunta que a médica não conseguia ouvir com tanto barulho.

Ela tratou de puxá-lo mais rápido, correndo de costas para manter um olho no elevador. Nesse instante, o primeiro disparo de raio atingiu a casca exterior do elevador de acesso. Ao mesmo tempo, Zahara ouviu e sentiu a energia rastejando pelo piso de hiperaço, um *estalo* sibilante que abriu um talho negro na parede da torre feito um sorriso torto e idiota, desprendendo uma nuvenzinha de fumaça. Então houve outra explosão, e mais uma, o cheiro de metal cozido já dominando o ar, o cheiro de ozônio e a fumaça corrosiva que ela associava com maquinário quebrado. Houve mais uma saraivada de disparos, maior ainda, por artilharia mais pesada, seguida por uma onda de estilhaços cuspidos pelo ar bem na cara dela.

Ela continuou indo para trás, sem desviar o olhar.

O buraco no elevador era tão grande que deu para vê-los lá dentro, olhando para ela, as mãos no hiperaço quente e retorcido, tentando descascá-lo. Haviam lotado o elevador com seus corpos – prisioneiros ainda em seus uniformes, humanos e não humanos, guardas, administradores, não mais segregados, mas esmagados juntos numa ávida e pungente camaradagem que não compartilharam em vida. Deu também para ver seus rostos. Lábios tortos. Narizes quebrados. Olhos amarelados acesos com uma espécie de fúria bestial. Um braço esverdeado e purulento brotou do buraco portando um rifle e atirou às cegas contra o hangar. O disparo vermelho voou até desaparecer ao longe, atingindo algo distante demais para registrar. Mais armas atiraram de dentro do tubo, ampliando o buraco que criaram, deixando-o mais comprido e maior em todos os lados.

Cuidado, não dá pra ver aonde estamos indo, se formos rápido demais...

No instante em que pensou isso, um dos pés tropeçou sobre o outro. A médica caiu com tudo e o corpo de Kale pousou bem em cima dela.

Anda, levanta, rápido!

Zahara levantou-se de pronto, agarrou Kale e lutou para içá-lo do chão, cometendo o equívoco de levantar o olhar outra vez.

Os mortos começavam a escapar.

O buraco que criaram aos tiros no elevador era todo irregular, e os mortos iam se cortando ao passar. Pontas retorcidas de hiperaço rasgavam seus uniformes e penetravam fundo nos sacos de carne podre que eram seus corpos. Um deles – um guarda cujo rosto ela vagamente reconhecia das visitas feitas à enfermaria – foi instantaneamente empalado e ficou pendurado ali, balançando conforme outros passavam por ele.

Nos braços dela, Kale gemeu, tentou endireitar o corpo, contorcendo-se para olhar para ela, mas logo desistiu. Estava tentando falar com ela, Zahara concluiu. Apesar dos ferimentos, o rapaz conseguiu juntar forças para gritar, mas ela continuava incapaz de escutá-lo por causa dos disparos.

Ela o puxou ainda mais rápido, caminhando às cegas, dando passos mais curtos e ligeiros. O peso do rapaz a atrasava, e agora as primeiras criaturas começavam a ganhar terreno na direção dela. Um deles era Gat. O sorriso antes familiar apareceu contorcido numa expressão hedionda de apetite. *"Vou te devorar"*, dizia aquele sorriso, *"e vou adorar o seu gostinho".*

Houve um breve momento de silêncio, uma calmaria incidental, e embora os ouvidos de Zahara zumbissem, ela finalmente compreendeu o que Kale gritava.

– Me larga!

– Não – disse ela, sem se preocupar se ele a escutara ou não.

O mais importante foi ter dito a si mesma – não pretendia deixá-lo ali. À frente dela, talvez seis metros adiante, três guardas mortos e cerca de uma dúzia de presos pausaram como se para se ambientar aos novos arredores. Depois dispararam em uma corrida destrambelhada, cambaleando, boquiabertos, direto para ela, brandindo braços, batendo pernas, atirando para todo canto. Já estavam melhorando no tiro. Os disparos chegavam cada vez mais perto de atingi-la.

– Me larga! – Kale gritou. – *Corre! Foge!*

Cala a boca, pensou ela – um jorro de adrenalina irrompeu-se na base de seu crânio, e a caminhada para trás passou para um trote, as pernas parecendo nem mais fazer parte de seu corpo, pisoteando o chão em alta velocidade. As criaturas foram ficando para trás, tentando correr, mas não tão rápido quanto ela. Dava para deixá-las comendo poeira, mesmo trazendo Kale nos braço, ela…

Houve mais um disparo metálico, e Kale sacudiu violentamente nos braços dela e ficou imóvel.

Zahara parou de correr, ciente da umidade quente que se espalhou por seu abdômen e pernas. Todo o seu corpo abaixo da cintura ficou encharcado de sangue.

Quando olhou para baixo, ela viu que metade do rosto de Kale sumira, restara uma meia-lua. O crânio quebrado brotava do escalpo feito argila partida, o osso do maxilar pendurado, torto, em apenas um dos lados. O rapaz absorvera o disparo que teria rasgado o abdômen dela ao meio. O olho que restara rolou para dentro. Zahara já começou a sentir o odor terrível de cabelo e pele cauterizados.

Quando a cabeça pendeu para trás, a médica viu que o lado esquerdo do rosto estava quase completamente intacto, exceto por uma única gotinha vermelha embaixo do olho.

Ela ouviu um rosnado abafado e ergueu o rosto. As criaturas moviam-se mais rápido, motivadas pela carne fresca.

Zahara largou o rapaz e fugiu.

CAPÍTULO

33

PASSARELA

Estavam perdidos. Trig estava certo disso.

Aconteceu quando saíram correndo às cegas do outro lado da escotilha que Han travara com um tiro. Ninguém dissera nada sobre que caminho seguir, apenas *foram*, correndo o mais rápido que podiam, fugindo das criaturas que deixaram para trás aos gritos e arranhadas. Correram pelo que pareceu serem quilômetros – impossível, ele sabia, mas não se argumenta com a subjetividade. Até que, finalmente, exaustos demais até para respirar, foram desacelerando, quase sem fôlego, ainda sem nada a dizer. Foi a primeira vez que Trig achou que Han tinha se perdido e os estava guiando na direção errada.

Talvez de volta para as criaturas do teto… talvez…

Trig evitou esse pensamento, recusando-se a lhe dar mais crédito. Melhor se concentrar na direção para a qual seguiam. Os longos corredores e elevadores principais já ficavam todos idênticos, dutos de ventilação e tubos de distribuição tinham todos a mesma aparência, e quando chegaram a outro conjunto de turboelevadores muito similares ao conjunto anterior, o menino não se aguentou mais.

– A gente tá andando em círculos – disse.

Han não disse nada, nem olhou para o garoto. Olhava para os dois lados no cruzamento seguinte entre corredores, considerando as opções em sua mente.

Trig limpou a garganta.

– Alguém me ouviu? Eu disse que…

– Acha que consegue levar a gente até o posto de comando, garoto? – Han soltou, os olhos vazios de afeto. – Fique à vontade.

– Só tô dizendo… – o menino apontou para o caminho que Han parecia preferir – … que acho que tem algo errado.

– É, bom, estamos num destróier estelar, sendo perseguidos por mortos-vivos. *Tudo* aqui tá errado. – Han passou a mão no rosto, e quando baixou a palma e viu Chewbacca, sua expressão demonstrava uma gradação maior de dúvida. – Viemos daquele lado, certo?

O Wookiee soltou um resmungo pesaroso de dúvida.

– Ótimo. É você quem tem o senso de direção.

– Acho que se a gente pegar esse turboelevador e, sabe, subir… – Trig começou.

— Estamos quase na popa. — Han agachou e tocou com os dedos o deque abaixo dos pés deles. — Sente como o chão está vibrando?

Trig fez que sim, meio incerto.

— Devemos estar bem em cima do gerador de energia principal. — Han apontou com o dedão para a direita. — É por aqui, depois reto, posso sentir. Estamos quase lá. Vamos por essa escotilha.

Han pressionou o botão na parede. Ela zumbiu, fazendo reverberar ainda mais toda a plataforma que pisavam, e um espaço imenso abriu-se à frente deles.

Quase simultaneamente, todos deram um passo para trás, fitando aquele vazio.

Fracas luzes verdes e amarelas pendiam do teto, e Trig inclinou-se um pouco para a frente, esticando o pescoço o máximo que teve coragem, mas mesmo assim não pôde assimilar todas as dimensões do recinto. Conforme seus olhos começaram a se ajustar, ele viu que estavam bem à beira de um precipício, perante uma profunda câmara cavernosa que, por um momento, pareceu ser nada além da nulidade atmosférica do próprio espaço. Ele reparou que seus pulmões sofriam em busca de ar e permitiu-se inalar uma golfada trêmula.

— Viu? — disse Han, sem muita convicção. — Falei que estávamos no topo.

Trig olhou para o gigante tubo cilíndrico, apenas semivisível, lá abaixo. As vozes deles eram quase inaudíveis perante um espaço tão grande.

— O que tem lá embaixo? — ele perguntou.

— A turbina do motor principal, provavelmente.

— É grande.

— A nave é grande, garoto. É assim que o Império gosta. — Han apontou para o outro lado, a voz se solidificando com todos os tipos de confiança manufaturada. — Tá vendo aquele elevador de serviço quadradão ali do outro lado? Deve ser o transporte principal para o posto.

Trig tentou enxergar. Não conseguia ver o outro lado, e imaginava que Han não via nada também. A atenção do garoto tornou a ser sugada na direção da silenciosa turbina. Como seria cair de uma altura dessas? A pessoa teria bastante tempo para gritar, isso era certeza. Um grito infinito que seria consumido aos poucos com a escuridão o engolindo. Ele imaginou o que aconteceria se a porção inferior do destróier estelar estivesse aberta e a pessoa caísse dali – se seria possível cair direto para dentro da banheira gelada e hostil que era a galáxia.

– Como vamos atravessar?

Han apontou.

– Olhe à frente.

Trig franziu o cenho. A passarela à frente deles era tão estreita que à primeira vista parecia apenas um detalhe da parede. Ela seguia ao longo da beirada, esticando-se até perder de vista, provavelmente indo parar do outro lado.

– Não tem corrimão.

– É, bem, a gente não tem muita opção.

– Tem que haver um jeito mais normal de chegar lá.

– Tenho certeza que tem – disse Han. – Mas eu não quero ficar aqui parado nem mais um minuto se não for obrigado.

Trig pensou no turboelevador que sugerira que tomassem, alguns instantes antes. Sem dúvida teria sido esse o jeito normal de chegar ao posto. Entretanto, ele não queria voltar até lá sozinho. Nem sabia se encontraria o local àquela altura.

O menino fitou Chewbacca, mas o grande Wookiee parecia tranquilo, e Han já colocava os pés na passarela. Ele pressionou as costas na parede e começou a andar, deixando as palmas das mãos nas laterais do corpo para manter o equilíbrio.

– Mantenha a cabeça erguida, não olhe para baixo, e vai dar tudo certo. – Ele acenou com a cabeça para o Wookiee. – E aí, tá esperando o quê?

Com um ganido descontente, Chewbacca seguiu o amigo. Trig entendeu então que era a sua vez. Achava que Han devia ter razão com relação à popa – com aquele jeito convencido e teimoso, ele parecia mesmo muito bem informado sobre o layout do destróier –, mas quando Trig se aproximou e colocou o pé na passarela, sentiu suas entranhas ficarem moles e se transformarem em água. As pernas ficaram tão leves que os joelhos tremiam até as coxas, e quando as palmas das mãos começaram a suar ele teve certeza de que era ali mesmo que iria morrer, caindo no precipício. Todo e qualquer resquício de equilíbrio se foram.

– Não consigo – ele murmurou.

Han virou-se e olhou para o garoto. Dava para sentir os olhos do homem nele, fazendo seu rosto ferver de vergonha até a linha do cabelo.

– Anda, não temos tempo pra ficar te encorajando.

Trig tentou engolir saliva, mas a garganta estava pegajosa demais. Ele teve que forçar as palavras para fora.

– Tem que ter outro jeito. Acho que vou voltar pro turboelevador.

– Sozinho? – Han perguntou.

– Ou então espero vocês aqui. Quando ligarem os motores de novo... – Ele assentia com a cabeça, tentando vender a ideia a si mesmo. – Encontro vocês aqui, tá?

Han fitou-o uma última vez. A distância entre eles já era grande o bastante para que Trig não divisasse a expressão no rosto do homem, mas uma pequena e envergonhada parte dele supôs que devia ser uma mistura de exasperação e talvez um pouco de desprezo.

Contudo, se havia desprezo, ele não transpareceu na voz do homem.

– Tudo bem – disse ele. – Voltamos pra te pegar.

Então ele e Chewbacca voltaram-se para a direção oposta e continuaram a trilhar seu caminho ao longo da passarela.

Trig ficou ali vendo as duas formas obscuras avançando cada vez mais para as sombras até que não teve mais certeza se os enxergava. Então eles se foram, e ele ficou ali sozinho.

Jamais se odiara tanto quanto nesse momento. Ocorreu-lhe que Kale teria atravessado sem nem pensar duas vezes, que a vida toda ele tivera diversas dessas falhas de brio, maiores e menores, e que essa devia ser apenas a mais recente de muitas que ainda viriam.

Ele parou perto da beira do abismo, ficou ali por um bom tempo, esperando ouvir Han dizer que chegaram ou que conseguiram, de algum lugar bem distante, mas nada disso aconteceu.

Vai ver caíram, sussurrou uma voz medrosa dentro dele. Mas se tivessem caído, ele não teria ouvido os gritos?

Ele se sentou perto da escotilha aberta, a uma distância cautelosa da beirada, e ficou ali olhando, escutando o barulho da própria respiração, a pulsação firme do sangue.

Até que começou a escutar sons vindo de dentro da câmara. Um farfalhar quase inaudível que vinha lá de baixo, de onde ele não podia ver.

São eles. Estão lá embaixo.

Ele ficou de pé, mais admirado com a ideia do que com o estalo que seus joelhos fizeram com o movimento, e tentou olhar para baixo, no fosso. Ouvira dizer que os destróieres estelares transportavam uma tripulação de oito mil ou mais. E se tivessem sido todos infectados? Teriam feito um ninho em algum lugar, não? Um lugar escuro. Talvez fosse dali que tivessem vindo aqueles que apareceram pelo duto de ventilação principal, onde ficaram esperando. E foram na direção do hangar principal, como se convocados por...

O menino deu meia-volta, tomado pela sensação de que estava sendo observado.

Não era só sensação.

Do outro lado, a dez metros dele, um rosto o fitava imerso em meia-luz, de perfil. Mesmo nessa distância, Trig o reconheceu de imediato, embora tenha levado um instante para passar o nome pelos lábios anestesiados de choque.

– *Kale?*

O irmão o fitava do outro lado sem mexer o rosto, como se imerso em transe. Então ele estendeu a mão e apertou o botão na parede, e uma porta abriu-se à sua frente.

– Kale, espera! Não...

Kale passou pela porta e desapareceu.

Trig foi atrás do irmão, correndo pelo corredor, um pouco cambaleante, sentindo pinos e agulhas pinicando suas pernas por causa de todo o tempo que ficara sentado, imóvel – tinha ficado esperando por tanto tempo assim? Os joelhos tremiam tanto que ele chegou a pensar que poderiam de fato soltar-se das pernas.

Ele alcançou a escotilha que o irmão abrira e apertou o botão. A porta que se abriu com um sibilo não era grande quanto a que Han descobrira acima da turbina. Era apenas uma escotilha normal, e isso fez o menino sentir-se um pouco melhor.

Ele passou pela porta.

– Kale? Você...

Sua voz sumiu, engasgada.

Essa câmara era ainda mais escura que a outra, a que ele deixara. À primeira vista, parecia tão grande quanto o abismo que ele se recusara a atravessar – mas essa era uma espécie de depósito de dejetos. Uma montanha de lixo erguia-se até o teto, e o cheiro fétido e amarronzado de excremento que se desprendia dos picos era mais do que nauseante.

Trig cobriu boca e nariz com a mão e olhou o redor, os olhos marejados, tentando conter o vômito. Não via o irmão ali dentro, mas Kale tinha acabado de entrar, fazia segundos.

– Kale – tornou a dizer, com um receio esquisito de gritar ali. – Sou eu. O que tá fazendo aqui?

Atrás do menino, a escotilha se fechou.

MONTANHA DE PELE

Não era lixo.

Isso Trig entendeu assim que deu um passo na direção da montanha, esperando encontrar alguma pista de Kale do outro lado. Foi quando seu pé encostou em alguma coisa macia, e quando ele olhou para baixo viu que era uma perna humana.

Muito lentamente, o menino olhou adiante.

A perna estava conectada a um tronco, coberta por outro, e mais outro. A pilha crescia à frente dele, contendo o que ele compreendeu serem centenas de corpos desmembrados – cabeças, braços, pernas, corpos inteiros, ossos expostos, muitos deles ainda vestidos com uniformes imperiais estragados e armaduras incompletas de stormtrooper. A pilha erguia-se até o teto. Detalhes saltavam sobre o menino de todo canto. Os corpos foram misturados feito cortes num abatedouro. Alguns deles estavam algemados, outros, cortados grosseiramente aos pedaços, outros ainda pareciam ter sido parcialmente devorados, nacos inteiros de carne arrancados às mordidas. Muitos dos pedaços estavam inchados a ponto de a pele começar a se rasgar feito uma linguiça, e Trig reparou que pisava numa poça viscosa do líquido que vazava dos corpos e cobria o piso.

Teve a sensação de que tudo ao redor começava a girar. Um grito avultou-se em sua garganta e morreu ali, abafado pela incapacidade de abrir os lábios e soltá-lo. Em vez disso, o menino cambaleou para trás, tentando não ver o que estava à sua frente, ao seu redor, querendo não estar ali, mas incapaz de fugir. Em algum lugar atrás de si estava a porta pela qual ele entrara, a escotilha que o deixaria sair dali, mas ele não encontrava o botão para ativá-la. Começou a tatear as paredes às cegas, sem ver o que fazia, dando socos, mas nada mudou.

Finalmente sua garganta destravou e o menino soltou um grito, uma mistura de "socorro" com "Kale", e foi quando ouviu o barulho, um suave e úmido farfalhar vindo de dentro da montanha. Corpos se moveram, empurrados para fora, rearranjados por alguma coisa que saía lá de dentro.

E então ele viu a coisa saindo da montanha.

Primeiro a cabeça branca, branca feito um verme, depois o restante, deslizando para emergir no piso.

Ela ficou de pé, uma figura que vestia roupas rasgadas e um capacete de stormtrooper manchado de sangue, e ficou encarando Trig. As lentes negras polarizadas do capacete estavam riscadas e sujas, cobertas de sangue e gosma. A máscara de ar fora quebrada num dos lados, dando ao menino um relance da garganta escamosa infectada da coisa por trás do capacete. Havia sangue encrustado em torno do protetor de boca, e ocorreu ao menino que a criatura devia ter aberto caminho às dentadas.

Ela veio cambaleando para ele.

Trig foi para trás, mas logo tropeçou e caiu. Deu um pulo, lançou-se para a direita e saiu correndo ao redor da montanha. Achou que escutava a coisa vindo atrás dele, mas podia ser somente seu próprio coração martelando em seus ouvidos. Nem ousou olhar para trás. Contudo, sentia-a se aproximando, uma presença que se intensificava cada vez mais, assim como a pressão que crescia atrás dos olhos e do peito do menino, incentivando-o a correr, e cada vez mais rápido.

O cômodo girava ao seu redor. Trig olhava para os lados. Onde quer que estivesse a porta, ele a perdera de todo. O medo tomara-lhe todo o senso de direção. Ele nem se lembrava de onde tinha vindo.

Ao disparar ao redor da pilha de corpos, saltando por cima de três corpos que pareciam ter sido costurados juntos – pulsos e tornozelos amarrados a corda –, alguma coisa chamou sua atenção, lá do alto: um pouco de luz.

Olhando para o alto ele viu o duto de ventilação aberto no teto, a pelo menos dez ou quinze metros, talvez mais.

Finalmente, ele parou e olhou para trás, e viu a coisa com capacete de trooper chegando perto. Estava a poucos passos dele.

Dessa vez, Trig não se deu tempo para pensar.

E começou a escalar.

Foi bem pior do que ele esperava. A imensa pilha de partes desmembradas e cabeças decepadas compunha um terreno parcamente costurado, constantemente vacilando, que se mexia e tombava conforme ele escalava às apalpadas. O fedor parecia apenas aumentar à medida que ele descobria níveis submersos de podridão ainda não expostos ao ar. Lutar contra o reflexo de vomitar era uma batalha sem fim, uma que nem sempre ele vencia, e a sensação oscilante de seminausea constante apenas tornava a escalada ainda mais difícil.

Ele tentou concentrar-se no duto de ventilação, forçando-se a pensar apenas em sair. Às vezes, contudo, o garoto olhava para trás. Não conseguia evitar.

A criatura de capacete vinha escalando logo atrás dele.

Ela rastejava com a firmeza incansável de algo saído de um dos piores pesadelos. E, na verdade, mesmo compenetrado na difícil escalada, Trig não conseguia evitar pensar na voz de Aur Myss, na cela ao lado da deles. Como prometera que viria atrás dele e do irmão. Seria uma versão morta-viva de Myss aquilo que o perseguia? Como teria chegado a essa parte do destróier antes do garoto, e o que fazia dentro do monte de destroços humanos? Nenhuma dessas perguntas sequer apareceu na mente dele – sabia apenas que a criatura o seguira até ali para satisfazer algum desejo fúnebre que o motivava.

Raiva.

Morte.

Fome.

Alguma coisa se mexeu embaixo dele na montanha.

É só outro pedaço de corpo, não pense nisso, não deixe que...

Ele sentiu uma mão cascuda, fria feito argila, emergir da pilha para agarrar seu tornozelo.

Trig soltou um grito dolorido de medo e puxou a perna para soltá-la, quase perdendo o equilíbrio e caindo. Foi atacado pela imagem de sua pequena e frágil figura quicando morro abaixo sobre os corpos, vendo mãos e braços e bocas se desprendendo, rasgando pedaços de sua própria carne, até que finalmente acrescentassem a carcaça dele, sangrando, à montanha.

Ao contrário da visão, Trig escalou ainda mais rápido, forçando-se a cavar, puxando-se para cima, pisoteando corpos ao passar. Estava chegando bem perto do topo, tanto que podia ver o interior do duto, o túnel que se expunha dentro da câmara.

Vai. Anda logo.

Com o que sentiu como um esforço enorme, lançou seu corpo inteiro para cima. Seu cérebro desligara completamente nesse ponto. Não mais sentia o cheiro da câmara nem a presença gélida, nojenta, grudando-se nele. Tinha ciência apenas do que via à frente, e de quão importante era chegar lá, e os últimos instantes antes de chegar ao topo da pilha não deixaram marca alguma em sua memória – era como se tivessem acontecido a outra pessoa, a um estranho.

A consciência lhe retornou quando seus dedos arranharam o metal frio, a abençoada solidez do aro exterior do duto, e o menino içou seu corpo por ele com dificuldade, puxou as pernas para o alto e somente então se permitiu respirar. O duto não era muito mais amplo que os ombros dele, mas tinha espaço suficiente.

Trig olhou ao redor imerso numa espécie de histeria branda. O coração martelava, tentando abrir aos socos um buraco no peito, e os músculos da garganta agitavam-se com selvageria.

Vou começar a choramingar de novo. Bom, pode chorar. Acho que você merece.

Porém o menino reparou que seus olhos estavam secos. Finalmente, no topo de uma pilha de corpos humanos, ele chegara a um local que ficava além das lágrimas.

Escutou um farfalhar abaixo de si, e quando olhou viu que a criatura de capacete de trooper continuava escalando a montanha de corpos.

Trig olhou para os dois lados do duto aberto. Então escolheu uma direção e começou a rastejar.

EQUIPE DE MORTOS-VIVOS

Do outro lado do hangar principal, Sartoris via figuras obscuras movendo-se na sua direção.

Ele os vira pela primeira vez logo após o fim do tiroteio: um punhado no começo, depois mais, agora dezenas; avançando em bando, um único organismo feito de numerosos componentes menores. Estavam tão perto agora que ele conseguia visualizar os rostos de cada um, homens com quem ele trabalhara por anos na nave-prisão, guardas que chamava pelo nome, soldados que obedeceram ao seu comando com total lealdade e sem questionar, prisioneiros que estremeciam ao vê-lo passar. Viajavam todos juntos agora, os corpos inchados e tomados pela doença apertados uns contra os outros; a morte lhes trouxera, enfim, à irmandade.

E vinham pegá-lo.

Atrás de si, Sartoris escutou o clique agudo de metal contra metal. Um rugido grave e coletivo escapou das sombras, profundo e voraz. Ele girou e viu, por entre as aeronaves capturadas, um relance de movimento atrás do X-wing. De algum modo, tinham se esgueirado por trás dele também. Dava para vê-los ali, escondidos nas sombras, observando-o.

De onde teriam vindo?

Essa era a lição número um do manual do Serviço de Correção do Império, uma que ninguém esquecia – nunca dê as costas ao inimigo. Infelizmente era tarde demais para Sartoris. A certeza da morte preencheu-lhe a barriga feito um gole de água contaminada. Gotas de suor começaram a descer pelas costas dele, deslizando por entre os ombros, penetrando o cós das calças.

As figuras à frente dele chegaram mais perto, parecendo avançar pelo espaço entre os momentos, como uma filmagem da qual foram removidos alguns quadros. Os olhos deles jamais se afastavam dos seus, e havia toda uma astúcia maléfica e primitiva no modo com o qual se moviam; Sartoris perguntou-se se continuavam analisando-o ou se apenas tiravam algum prazer primitivo de assistir a seu desconforto. Em questão de segundos nada disso importaria mais. Estariam perto o bastante para se lançar sobre ele e rasgá-lo em pedaços. Poderiam até atirar nele se quisessem. Estavam todos portando armas.

As criaturas atrás do capitão gritaram todas juntas.

Os presos e os guardas à frente dele gritaram de volta, como se respondessem. Sartoris viu fios viscosos de baba pendurados nas bocas deles, tanto dos humanos como dos não humanos. Havia um grupo de prisioneiros Wookiees com cachoeiras de saliva jorrando por entre as presas, vertendo sobre os queixos, encharcando o pelo. Parecia que pretendiam comê-lo vivo em vez de atirar nele – talvez preferissem a carne malpassada.

– Anda logo – disse ele, sombrio. – Tão esperando o quê?

Como se estivessem esperando pelo convite, os inimigos abriram fileiras e avançaram, e Sartoris, que até aquele momento não fazia ideia de qual seria seu próximo passo, olhou ao redor, viu o X-wing abandonado e agarrou a asa do caça, erguendo-se para subir nele. Correu meio torto e cambaleante pela asa até alcançar a cabine do piloto. Girou e pousou no assento, depois ergueu os braços para tentar fechá-la, mas a capota estava quebrada e não cedia.

Em questão de segundos, cada falha de seu plano imprudente ficou muito aparente. Já dava para sentir os dois grupos de criaturas movendo-se por baixo do X-wing. Sua ruidosa força coletiva e fome aumentavam conforme balançavam o caça por baixo, tentando virá-lo, enquanto outros escalavam o nariz à sua frente. Os três prisioneiros Wookiees que ele vira pouco antes já tinham tomado a capota e tentavam arrancá-la, ou talvez quisessem içar-se alto o bastante para atacá-lo ali onde estava sentado. Sartoris imaginou os três corpos peludos curvados sobre o toco que seria seu tronco exposto, rasgando e mutilando o que restasse dentro da caldeira de sangue que antes fora a cabine do X-wing.

Pela primeira vez ele deitou olhos no painel de instrumentos, que emanava o brilho leitoso de equipamentos dorminhocos, mas começava a iluminar-se, como se ativado pela chegada do capitão. Logo acima do regulador, a mira verde piscava sem parar, e Sartoris viu botões de ativar armas, canhões de laser e torpedos de prótons retornando à vida.

De cima, diversas mãos desceram ao mesmo tempo e fincaram suas garras no pescoço dele. Dava para sentir o cheiro, agora, dos Wookiees infectados, soltando resmungos cheios de muco e saliva, esfomeados, respirando cada vez mais perto. Saliva quente e úmida pingou sobre o rosto do capitão, e ele sentiu um pressionar afiado e duro.

Sartoris puxou o gatilho.

Todo o seu mundo sacudiu para trás. O raio laser disparou dos dois conjuntos de canhões ao mesmo tempo, um brilho cegante que vaporizou o bando de presos reunidos em frente ao caça, ao mesmo tempo lançando-o para trás. Os Wookiees que tentavam agarrar o pescoço dele desapareceram, arremessados com um urro de raiva e choque, e Sartoris reparou que o X-wing continuava deslizando, propelido ao longo do piso do hangar pelo rebote. Tudo terminou abruptamente com um baque áspero. Os propulsores da nave trombaram em algo ainda maior, provavelmente a parede do hangar.

Sartoris saltou e saiu do assento, e viu que colidira com uma nave de pouso imperial, um veículo auxiliar classe sentinel que parecia ter sido sugada pelo raio de tração e pousado direitinho no deque.

Tem uma escotilha de emergência aqui, em algum lugar. Onde está?

O capitão subiu no casco da nave, correu e sentiu um solavanco – as criaturas já estavam ali embaixo, aos bandos, e os gritos já começavam sua ondulação frenética. Quando atingiram a porção inferior do veículo, Sartoris perdeu totalmente o equilíbrio e caiu para a frente, atravessando a escotilha.

O que se seguiu foi a escuridão.

Gemendo baixinho, Sartoris abriu os olhos. Estava deitado de costas na cabine escura da lançadeira, sentindo o metal enrugado contra sua nuca. Do lado de fora do casco de hiperaço reforçado, ele podia ouvir vagamente os monstros arranhando, batendo e socando. Houve uma pausa breve. Algo muito mais intenso atingiu a nave, uma explosão – raios laser de novo, pensou ele, cansado, e não quis mais nada além de apagar.

– Você os trouxe com você? – resmungou uma voz no escuro.

Sartoris pulou de susto e viu diversos pares de olhos mirando-o. Quando sua visão se adaptou ao escuro, ele compreendeu que fitava um grupo de homens que usavam uniformes imperiais mal ajustados, inclinados sobre ele de assentos montados em cantos opostos da cabine da aeronave. Reagindo sem pensar, o capitão saltou para trás e tentou, sem sucesso, levantar-se.

– Calma – disse uma voz. – Não fomos infectados.

Sartoris examinou-os mais de perto, o coração ainda alojado no bolso apertado que se tornara sua garganta. Mesmo com tudo que acontecera lá fora, a aparência dos homens ainda era chocante. Os rostos tomados pela fome não passavam de pequenos crânios com pele amarelada e macilenta esticada por cima, lábios afinados num quase sorriso permanente de escárnio e os ossos das bochechas grotescamente protuberantes. Um deles tentou abrir o que Sartoris julgou ser um sorriso.

– Sou o comandante Gorrister – disse o homem, claramente esperando que Sartoris também se apresentasse. Como ele não o fez, Gorrister sentou-se, suspirando, e prosseguiu: – Com o que está acontecendo lá fora, só posso supor que você veio parar aqui do mesmo modo que nós.

Sartoris fez uma careta.

– Algo assim.

Gorrister começou a dizer algo, mas um baque seco cortou suas palavras. Fora da nave, os tiros continuavam, atingindo e socando o casco blindado. O comandante fez um aceno displicente para que não dessem atenção a isso.

– Eles desistem depois de um tempo – disse. – É só reflexo deles...

Sartoris pareceu intrigado.

– Reflexo?

– Hmm. Certos padrões de comportamento adquiridos são difíceis de desaprender, mesmo quando totalmente ineficazes.

Mais uma rodada de explosões os atingiu; o tiroteio se intensificava.

– Me parece bastante eficaz – disse Sartoris.

O comandante balançou a cabeça.

– Nosso casco é especialmente reforçado. Somos praticamente impenetráveis a armas de infantaria. Enquanto não descobrirem o armamento mais pesado, estamos relativamente protegidos. Claro que isso é apenas questão de tempo, né? – O lábio superior do homem desapareceu dentro da boca quando ele sugou o ar, fazendo um barulhinho. – Eles ainda não puxaram muitas naves, mas suponho que seja de esperar, plainando por aqui na beirada das Regiões Desconhecidas. Não tem muito tráfego num lugar afastado desses.

Ele fez um movimento curto para apontar para a cabine, onde o painel de instrumentos da lançadeira brilhava fraco, um olho míope sofrendo com a catarata da falta de energia.

– Vimos como ele puxou sua nave-prisão – disse Gorrister, e então, rindo de modo terrivelmente sem humor, quase como se tossisse: – Pena que não podem devorar uns aos outros.

– Quem? – Sartoris perguntou.

O homem ofereceu ao outro uma expressão abatida de total descrença.

– Ora, você acha que seus amigos presos lá fora eram os únicos a bordo?

– Quem mais está lá?

– Quem… *mais?* – Dessa vez o comandante riu de verdade. Soou como se uma camada de poeira fosse soprada de um livro muito antigo, talvez um que tivesse sido feito com pele humana. – Poxa vida. Você não faz a menor ideia do que tá acontecendo, né?

Sartoris sentiu uma pontadinha de irritação que não fez questão de esconder na voz.

– Suponho que possa me atualizar.

– Começou faz dez semanas, quando os primeiros tanques começaram a vazar.

– Que tanques?

Gorrister ignorou a pergunta.

– Havia uns paranoicos de conspiração entre nós que ainda insistiam que não foi acidente, que todos éramos parte de um experimento maior, o que supostamente é possível.

– Calma aí – disse Sartoris, sentando-se para ficar bem de frente para o homem –, comece pelo começo.

O comandante parou, e Sartoris reparou que a delegação de esqueletos sentados ao redor tinha se inclinado para a frente, e escutava com atenção, como se eles nunca tivessem ouvido essa história antes, apesar de aparentemente terem vivido tudo aquilo.

– Que diferença faz pra você? – disse Gorrister. – Saímos de Meglumine com um carregamento ultrassecreto. Artilharia militar experimental para o Império, todos os avisos de sempre, seguindo ordens diretas de Lorde Vader. Nosso destino era uma base de teste em Khonji Sete, na beirada do sistema Brunet… mas nem chegamos a passar da Orla Média. – Ele respirou fundo e soltou o ar com muito esforço. – No começo a fenda parecia pequena, e todos achavam que nossos engenheiros a haviam selado. Alguns dos cientistas conseguiram até estudar os efeitos que causava na fisiologia humana, nos pulmões e laringe, principalmente. Achávamos que estava contida. – Ele parou e limpou a garganta. – Mas acontece que não ficou assim por muito tempo. A infecção se espalhou rapidamente por todo o destróier estelar. Logo, não tinha ninguém a salvo.

– Espera um pouco – disse Sartoris. – Tá me dizendo que tem *mais* dez mil desses monstros cambaleando por aí?

– Ah, céus, não. Claro que alguns de nós conseguiram escapar, ou tentaram. E alguns mostraram ter imunidade natural. Usando o sangue deles, nossos oficiais médicos conseguiram sintetizar um antiviral, como suponho que os de vocês também fizeram… já que você continua aqui.

Sartoris apenas resmungou, não muito interessado em abordar sua própria imunidade à doença. Gorrister pareceu não notar.

– Trancamos uma parte da nave – disse ele – e aplicamos o antiviral. No começo, parecia que haveria o suficiente pra muita gente. – Mais uma tentativa fraca e sinistra de sorriso. – Não durou tanto quanto a gente esperava. Tinha mais no laboratório, mas claro que não conseguimos voltar lá pra buscar. Foi quando o plano começou a mudar. Claro que muitos da tripulação foram comidos antes mesmo de se transformarem, despedaçados e… bom, *devorados*, acho que essa é a palavra.

Gorrister engoliu saliva, parecendo sentir o sabor desagradável dessa parte da narrativa.

– Primeiro tentamos juntar os restos. Colocamos numa câmara de despojos, picamos tudo, achando que seria um modo de impedir que se transformassem, sabe, mas nem isso deu certo. No final, ficamos em menor número e não tínhamos mais muita opção a não ser fugir. – O homem lançou um olhar frio e apático para Sartoris. – Até que descobriram como ativar o raio de tração.

– Eles pensam? – Sartoris visualizou as criaturas cambaleando ao redor da nave aos gritos, socando-a e atirando quase às cegas com as armas. – Isso é loucura.

– Ah, é uma loucura mesmo – Gorrister concordou, fitando o outro com uma leve curiosidade. – Tudo o que sei é que estavam esperando por nós dentro do hangar quando voltamos. O primeiro que saiu pela escotilha teve a cabeça arrancada dos ombros. – Ele umedeceu os lábios. – Depois disso, nos trancamos aqui dentro, mandamos um sinal de socorro e resolvemos esperar.

– Faz quanto tempo que estão presos aqui?

– Dez semanas.

Sartoris sentiu que ficou boquiaberto. Não conseguiu evitar.

– Tá me dizendo que estão presos aqui dentro desta nave há dez *semanas*?

– Havia trinta de nós, no começo. Agora só sobraram sete, contando comigo. – O comandante suspirou, eliminando o que soou como o resto de ar de seus pulmões, e recostou a cabeça na parede de metal atrás de si. O uniforme sujo estava tão grande por cima do corpo, agora emaciado, que se amontava de modo quase cômico em volta dos ombros, como uma criança brincando de vestir roupas de adulto. – Ficamos sempre tentando fazer contato, mas todas as frequências estão bloqueadas. Acredito que isso também seja uma contramedida da parte deles. – Quando os olhos dele tornaram a cruzar com os de Sartoris, estavam sem cor e sem afeto, como os olhos de um homem que dava uma palestra que preparara anos antes. – Você perguntou antes como eu acho que conseguiram ativar o raio de tração. Eles *aprendem*, sabe? Faz parte da coisa.

– Aquelas coisas lá fora? – Sartoris perguntou. – Mas eles são... uns animais.

– No começo podem ter sido. Mas pense: os que se transformaram a bordo do destróier dez semanas atrás nem se dão mais o trabalho de atacar a armadura de hiperaço reforçado da nossa nave. Já aceitaram o fato de que não adianta. São os que chegaram agora, os presos e os guardas da prisão, que estão atirando na gente... e se você prestar atenção, eles também já pararam. – O homem estalou os dedos, fazendo um som agudo. – O comportamento deles muda rápido assim.

Sartoris viu que o homem tinha razão. O tiroteio fora da nave tinha *mesmo* cessado, como Gorrister previra.

– Acho que tem a ver com a doença – disse o comandante –, do modo como foi projetada inicialmente. Eles formam bandos, tribos... enxames. E se comunicam. Com certeza você já ouviu.

Sartoris lembrou-se da gritaria que escutara, de sua qualidade cíclica, da troca de perguntas e respostas que presenciara no hangar.

– E desse jeito todos eles conseguem se adaptar ao mesmo tempo – disse Gorrister –, como um corpo só, uma espécie de atualização de sistema, entende?

Sartoris fez que não.

— O que você quis dizer com *projetada*? Quer dizer que alguém criou tudo isso de propósito?

Gorrister estudou o capitão em silêncio por um instante, com o que deve ter sido o menor dos sorrisos.

— Ingênuo, você. Já disse que estávamos carregando armamento ultrassecreto. Faz quanto tempo que serve ao Império?

Sartoris não se preocupou em responder. Notara algo que o incomodava ainda mais do que a zombaria no rosto do homem. Ao longo de toda a conversação, os soldados tinham se aproximado muito lentamente dele, e todos lambiam os lábios compulsivamente, sem parar.

Sartoris afastou-se muito de leve. Pela primeira vez, seu olhar pousou na pilha de uniformes dobrados com cuidado num assento no canto.

— O que aconteceu com o restante dos seus homens? — perguntou.

— Você tem que entender. — A voz de Gorrister saiu suave, sem mais zombaria; na verdade, soou quase complacente. — Tínhamos muita água aqui dentro da nave, mas muito pouca comida, e já faz *dez semanas*. Foi só questão de sobrevivência. Estávamos *famintos*, sabe.

Sartoris franziu o cenho. Os homens começavam a se levantar. Subitamente, ocorreu-lhe que talvez tivessem ficado sentados ali poupando energia para esse momento.

— Peraí. — Ele se levantou, afastando-se, e sentiu os ombros encostando na parede atrás de si. — Não somos como eles.

— Claro que não — Gorrister murmurou, ignorando o comentário. — Nós fizemos sorteios. Pra que fosse justo. Demos a cada um uma morte rápida e humana. No começo, jogávamos os restos lá fora... — Ele apontou para cima, para a escotilha de emergência. — ... para aquelas coisas, como se fosse satisfazê-los. Mas isso só os fazia voltar. Então começamos a comer os restos também. Acabamos sugando o tutano dos ossos. Mas nenhum dos meus homens sentiu dor nenhuma, eu juro. — Uma mão magra deslizou pela jaqueta do uniforme e retirou um pequeno adesivo transdérmico. — Você também não vai.

— O que é isso?

– Norbutal – Gorrister sussurrou. – Paralizante. Você vai dormir. E quando formos resgatados, o Imperador vai reconhecer seu sacrifício com a maior das honras.

Sartoris começou a dizer outra coisa.

Mas se lembrou de que o comandante dissera que havia mais seis deles ali, e ele via apenas quatro.

Foi quando sentiu um par de mãos agarrando-o por trás, prendendo seus braços nas costas.

RATO DE LABORATÓRIO

Zahara não sabia ao certo quanto tempo fazia que estava correndo. Ácido lático fazia arder suas coxas e panturrilhas, a falta de oxigênio chegara a um ponto gritante, incapaz de continuar sendo ignorada, e ela não fazia ideia de onde estava – no final de mais um prolongado corredor em algum canto nas profundezas do hangar principal do destróier estelar, mas muito distante. Sem a menor noção de direção e sem destino, ela achou que seria apenas questão de tempo até que algum monstro a alcançasse.

Ela parou e encostou na parede, as têmporas palpitando, e respirou fundo repetidas vezes. A garganta e os pulmões doíam, e na base da língua havia aquela sensação tensa e zonza que ela tinha quando exigia muito de si mesma. Contando as batidas do coração, foi procurando se acalmar, calma, *calma*.

Ela prendeu a respiração e prestou atenção, procurando ouvir gritos. Não ouviu nada.

O corredor estava em absoluto silêncio.

Mais adiante, bloqueando o caminho, havia o que pareciam ser pilhas de engradados. Ela começou a caminhar na direção delas, sentindo-se mais recomposta depois de ter descansado, e parou perto da escotilha à sua esquerda para ler a placa colocada logo acima.

LABORATÓRIO 242

SOMENTE PESSOAL AUTORIZADO

Zahara viu o painel de segurança que alguém abrira na parede, do qual pendiam talos de fios diversos. Com uma sensação forte de que o que estava para fazer não era muito inteligente, a médica encostou o cotovelo na escotilha e a abriu à força.

A princípio, o laboratório pareceu tão familiar que foi quase reconfortante, uma área de pesquisa, um espaço clínico projetado para os voos usuais de observação e interpretação totalmente destacadas do emocional. Era um domo amplo e muito brilhante, de paredes brancas, iluminado por luzes fosforescentes que brotavam do teto. As paredes eram compostas por dezenas de células vazias cobertas por vidro, num desenho similar ao de uma colmeia de abelhas.

Cada célula era equipada com sua própria estação de pesquisa e observação – não que alguma parecesse estar em funcionamento. Toda a câmara tinha um cheiro forte de antisséptico e produtos químicos, com um leve toque de fiação de cobre. Pás de ventilação gigantescas brotavam das paredes, mas estavam todas imóveis, o que provavelmente explicava a quietude do ar estagnado.

Caminhando à frente, Zahara notou os terminais de computadores desligados, as portas quebradas e os teclados abandonados, as teclas espalhadas pelo piso de hiperaço como dentes soltos. Ela viu um droide de protocolo parado no canto, uma unidade 3PO, aparentemente quebrado, com um dos olhos dourados piscando aos espasmos e os dedos agitados. Ao chegar mais perto, ouviu um gemido baixinho, quase inaudível, saindo do vocabulador dele.

Ao lado do droide, uma cadeira tombada jazia por cima de uma estante de seringas e frascos, e ela reparou numa mancha de sangue do tamanho de uma pessoa na parede: braços erguidos, como um espírito pintado de vermelho. Contudo, o terminal logo à frente parecia estar operando; a tela estava cheia de linhas de texto e um cursor piscando, esperando continuidade. Foi a primeira indicação funcional de comunicação possível que vira.

Na dúvida, ela se curvou para a frente e pressionou uma tecla.

Mais dados jorraram instantaneamente sobre o monitor, rolando rápido demais para ela ler. Depois parou de novo, cursor piscando, e a parede na frente dela fez um som e separou-se, abrindo-se para revelar um painel grosso de vidro logo atrás.

Do outro lado do vidro havia outra célula.

Mas essa não estava vazia.

Dentro dela, dois corpos humanos amarelados balançavam na frente da médica, bem à altura de seu rosto, presos no teto por feixes grossos de fios, tubos de alimentação e aparelhos de monitoramento, uma dupla de hediondas marionetes. Estavam ambos em estado avançado de deterioração, com os traços faciais apodrecidos impedindo o reconhecimento e globos oculares vazios, e Zahara pensou se o que estava vendo seriam voluntários abandonados ali depois do que acontecera no destróier. Como será que foi, pensou ela, ter ficado preso ali enquanto todo mundo do lado de cá do vidro fugia às pressas?

Alguma coisa clicou na frente dela e começou a zunir sem parar – um dos gigantescos ventiladores na parede logo acima da janela. Zahara preparou-se para a lufada de ar nojento que viria lá de dentro, depois reparou que sentia suas roupas e cabelo sendo quase sugados da pele.

O ventilador bombeava ar *para dentro* da célula... o que fazia muito mais sentido. Era preciso conduzir oxigênio para os sujeitos enquanto ainda estavam vivos. Aquelas câmaras deviam ter pouco ar, e eles sufocariam lá dentro sem os ventiladores ligados, o que devia ter acontecido, ela supôs, assim que a equipe de pesquisa optara por abandonar o laboratório.

Um dos corpos mexeu a cabeça.

Zahara sentiu o cômodo esticar-se ao seu redor, e toda a sua noção de perspectiva pareceu alongar-se em fios melecados. Do outro lado do vidro, a coisa abriu a boca para ela, o rosto decaído sorridente, movendo os tocos podres das pernas para balançar para a frente e para trás.

O ar que entrou, pensou ela, *levou meu cheiro até eles e os acordou...*

O outro corpo também já estava acordado. O rosto sacudiu para cima e para baixo como se farejasse a médica com o que lhe restara do nariz. Zahara começou a se afastar quando a coisa ergueu um braço esfarrapado para tatear os fios e tubos que a mantinham suspensa no teto. Sentindo a presença da médica, os dois corpos puseram-se numa agitada valsa. Um trombou no outro e ambos gingaram para a frente com os braços esticados. Para a frente e para trás, cada vez mais alto. Alguns dos tubos de monitoramento já tinham sido arrancados, mas havia um tubo principal que saía bem do meio do peito e que continuava conectado. O líquido cinza que fluía lá dentro lembrou a moça da substância que ela tentara cavar do abdômen de Kale Longo. Ela seguiu o tubo com o olhar e o viu conectado a um conjunto de tanques pretos.

Estavam coletando, Zahara pensou. *É isso que faziam, os corpos deles na verdade produzem essa coisa e...*

Atrás dela, alguma coisa deu um passo arrastado para dentro do laboratório.

Ela girou e passou os olhos pelo espaço branco, os corredores entre as mesas de pesquisa vazias, e não viu nada. Seu olhar parou na estante quebrada de frascos e seringas no chão, a cerca de seis ou sete metros dela, perto o bastante para que pudesse alcançá-la antes que...

Antes que isso que entrou tenha chance de pôr as mãos em você? Acha mesmo, Zahara? Do jeito que essas coisas são rápidas quando estão com fome?

Uma figura emergiu por entre duas das mesas, com um dos pés arrastando alguma coisa. Zahara viu-a de relance, mas logo ela sumiu. A médica tornou a olhar para as seringas – suas únicas armas. Os músculos das panturrilhas e das coxas ficaram tão tensos que ela achou que fossem rasgar, e a tensão foi subindo até agarrar os ossos da espinha dela.

Bam!

Gritando de medo, ela girou e olhou para trás. Um dos corpos conseguira colidir contra o vidro, deixando uma mancha vermelha, uma impressão gosmenta do rosto e das mãos. Ela o viu arqueando para trás, preso ainda em seu equipamento de monitoramento, enquanto o outro corpo gingava para a frente, para dar com rosto e mãos no vidro e se empurrar para longe de novo.

Pegue as seringas e saia daqui – agora.

Zahara disparou, cruzando a distância em três grandes saltos. Agarrou uma agulha com as duas mãos. Começou a se levantar.

E sentiu algo mover-se atrás de si.

Um cheiro encorpado de deterioração soprou sobre as costas dela, feito vento soprado de uma sepultura.

Ela girou e foi agarrada.

Zahara olhou bem no rosto da coisa.

A doença não havia apodrecido tanto o pesquisador quanto os corpos guardados na câmara de confinamento. Ainda dava para ver algumas feições como eram antes da infecção – o cabelo grisalho, o nariz aquilino, os traços fundos, distintos, do rosto. Um homem da ciência. Usava um jaleco manchado de sangue, com uma das mangas rasgadas na altura do pulso. A médica ouviu um clique baixinho quando o monstro abriu a boca e avançou contra ela.

Zahara meteu uma seringa no olho do bicho, e outra na lateral da cabeça, apertando os dois pistões ao mesmo tempo.

A criatura ficou rígida, a boca escancarada, e gritou. As pernas cederam, e todo o corpo desabou.

Enquanto ela caía, contorcendo-se, no chão, Zahara foi para a saída. Estava quase lá quando a gritaria diminuiu e ela ouviu uma voz atrás de si, um gorgolejo rouco.

– Hnnnng... Hnnnfff...

A coisa estava tentando falar.

Odiando-se, Zahara olhou para trás. A criatura de jaleco de pesquisa rastejava às cegas para ela com as duas seringas ainda brotando da cabeça. De algum modo, as injeções tinham restaurado uma frágil porção de sua antiga humanidade, o suficiente para que ela tentasse fazer contato.

A boca do morto-vivo abriu-se e fechou-se, soltando mais gorgolejos que ela não conseguia traduzir – tentativas patéticas de fala. Ele ergueu uma mão, implorando. Estava fazendo alguma coisa, tentando contar...

– O que aconteceu aqui? – ela perguntou. – O que vocês fizeram?

A criatura de jaleco produziu os mesmos barulhos viscosos, mais desesperada ainda. Seu rosto trabalhava à exaustão, e ela girou o braço para o console atrás da médica.

– Hnnf... Hnnng... Hnnfsss...

– Como? – perguntou Zahara.

O monstro fez mais barulhos, agitando as mãos com fervor religioso, e caiu no chão. Resmungou e bateu com os punhos no chão. Dobrava e esticava os dedos, e Zahara entendeu que ele tentava imitar o ato de escrever.

Gradualmente, com grande esforço, ele ergueu o braço e arrancou uma das seringas, a fincada no olho, meteu a ponta no hiperaço e começou a arrastá-la para a frente e para trás, gravando uma espécie de ideograma rudimentar. Enquanto fazia isso, soltou um guincho agudo de desespero, esfregando a ponta da agulha cada vez mais forte na placa reforçada.

A agulha partiu. O monstro se sentou. Não parecia mais tão fraco, nem tão humano.

E tornara a sorrir para Zahara.

Ela compreendeu que o que fizera à criatura com o antiviral já havia cessado de atuar. E viu a série de arranhões que a criatura gravara no chão, letras tortas feito uma onda cerebral errática. Não faziam muito sentido, mas ela realmente esperava outra coisa?

Ainda ponderava sobre isso quando a criatura de jaleco pulou nela, derrubando-a no chão.

Zahara gritou. O morto-vivo prendeu as duas mãos na garganta dela e ela sentiu aqueles dedos frios escorregando, apertando, esmagando e engasgando seu grito ao mesmo tempo que ele baixava a boca para o pescoço dela. Ela tentou afastá-lo, mas era como querer livrar-se de algemas de aço. Quanto mais ela lutava para resistir, mais constritivas ficavam as mãos dele. Zahara começou a apagar. O que o cirurgião de Rhinnal sempre dizia sobre falta de oxigênio? *Primeiro o músculo. Depois o cérebro*. Ela já sentia a penumbra pesada da escuridão cobrindo sua visão, abafando sua audição, contraindo-se num vazio anestesiado e indiferente.

Tudo terminou com um crepitar metálico, hiperaço contra osso, quando um líquido gelado e fedido espirrou no cabelo dela. A pressão na garganta perdeu força abruptamente, as mãos do morto ficaram moles e deslizaram para o piso.

Zahara olhou para cima, a visão clareando. A cabeça do bicho estava deitada de lado com uma serra cirúrgica enfiada bem no pescoço, semienterrada na carne acinzentada.

O quê...?

Pairando atrás dele estava um rosto metálico que ela não acreditava estar vendo naquele momento.

– Waste. – A voz dela saiu quase sussurrada. – Você... voltou...?

O 2-1B apenas olhava para ela.

– Como disse?

– Você me salvou.

– Bem, claro que sim – disse o droide-cirurgião, um tanto confuso. E parecendo lembrar-se de que estava bem no meio do processo de cortar fora a cabeça da criatura de jaleco, largou serra e criatura de lado, que foram ao chão.

– A criatura pretendia machucá-la. E segundo minha programação adquirida na Faculdade de Medicina de Rhinnal, minha diretriz principal é...

– Proteger a vida e promover o bem-estar sempre que possível – Zahara terminou para ele. – Eu sei.

O droide-cirurgião continuou fitando a moça solicitamente, como se aguardasse as próximas ordens. Zahara já compreendia que não era mais o 2-1B *dela*, o Waste *dela*... mas mesmo assim foi tomada por uma gratidão desproporcional a toda razão. Claro que uma nave daquele tamanho teria um droide desse tipo, e o laboratório era o local perfeito para ele. Contudo, as lágrimas nos olhos dela não vinham somente de gratidão e alívio, mas por reconhecer um amigo que perdera, mas talvez não tivesse perdido totalmente.

– O que mais posso fazer por você? – perguntou o droide.

– Você sabe… – Ela se sentou, olhando ao redor do laboratório mais uma vez com um novo olhar. – Sabe me dizer alguma coisa sobre a pesquisa que estava acontecendo aqui?

– Infelizmente, muito pouco. Em sentido estritamente científico, sei que meus programadores estavam trabalhando num químico de fácil transmissão capaz de desacelerar o curso normal da deterioração de tecidos vivos. Ideal-mente, o vírus seria capaz de dominar receptores nervosos e fazer os músculos agirem mesmo depois da morte clínica.

Zahara pensou nos corpo gritando uns para os outros, unindo-se em exércitos organizados.

– Havia… aplicação militar?

– Não sei dizer. Era tudo ultrassecreto, e sou uma unidade estritamente científica e cirúrgica, não participo de tais questões e certamente não tenho am-plos conhecimentos no que tange a tais operações com armamento clandestino.

– Então sabe onde posso encontrar um terminal que ainda funcione?

– Ah, com certeza. – O droide parou, e deu para ouvir seus componentes clicando e zumbindo, frenéticos por trás da placa do tronco dele, um barulhi-nho familiar que trouxe mais lembranças dolorosas de Waste. – Meus sensores indicam que há diversos consoles em funcionamento disponíveis no centro de controle do hangar. Contudo, sou obrigado a informar que, dado o ambiente hostil, uma área assim tão exposta será perigosa demais para você.

– Estou acostumada.

– Excelente. Gostaria que eu diagramasse a rota mais curta?

– Que tal me mostrar uma que me leve lá sem ter que passar pelo hangar em si?

– Imediatamente.

– E Waste?

O robô a fitou mais uma vez.

– Lamento, mas…

– Obrigada – disse a moça, resistindo ao ímpeto de pegar aquela mão de metal gelado e beijá-la.

CAPÍTULO

37

TRANSPORTADOR

Crack!

A rajada seguinte que atingiu o casco da nave de pouso imperial não era um mero tiro de rifle. Sartoris só percebeu isso quando a nave sacudiu subitamente para cima e para o lado, libertando-o dos dois soldados que haviam saído da cabine e arremessando-o para o outro lado, dando de cara com Gorrister.

O canhão de laser do X-wing, pensou ele loucamente. *Aquelas coisas lá fora, elas me viram usando…*

E então:

Vai ver Gorrister tinha razão, afinal. Elas aprendem mesmo.

O comandante fitou o outro com uma expressão de total desorientação, como um homem retirado de um sonho muito real.

– O que… aconteceu?

Gorrister só tinha olhos para Sartoris. Ele os escancarou quando olhou ao redor da cabine, vendo a esfomeada equipe e os uniformes dobrados dos que foram mortos e devorados. Por um instante Sartoris pensou ter enxergado um expressão de epifania no homem, como se ele compreendesse tudo que fizeram, assimilando a depravação sem limites na qual estivera mergulhado ao longo de dez semanas.

Sartoris ergueu a mão e apertou o botão acima da cabeça, desativando o mecanismo de trava da escotilha de emergência. Então, agarrou Gorrister pelo colarinho e girou o homem para cima, usando seu crânio como aríete. Isso jamais teria funcionado com a trava ainda acionada – motivo pelo qual o transporte conseguira manter os mortos-vivos do lado de fora por dez semanas –, mas agora que o mecanismo fora desarmado, tanto a escotilha como a cabeça de Gorrister cederam com o impacto, e a tampa de metal abriu-se. Sartoris içou o comandante para fora, largou seu corpo mole e se abaixou para pescar outro homem aleatório, que agarrou pelas axilas. A fome tornara seus corpos relativamente leves, e Sartoris conseguiu passá-lo pela escotilha com uma mão só.

Ali fora, o bando de mortos-vivos cercava a nave por todos os lados, um mar de rostos esfomeados: presos, guardas e a equipe original da nave. Como Sartoris previra, um deles já tinha subido a bordo do X-wing ao lado da nave e manuseava os controles inconsistentemente. Os canhões não estavam apontados para o veículo classe sentinel – teria a criatura conseguido disparar contra a parede do hangar e acertado o casco da nave deles num golpe de sorte?

Foi quando ele viu *outro* X-wing, quarenta metros dali, apontado direto para ele. Um dos monstros estava dentro dessa também.

Estão todos *entrando nas naves?*

Sartoris se abaixou, pegou outro soldado da nave de transporte e lançou-o para a multidão. As criaturas se juntaram em cima dele de imediato, agarrando seus braços, pernas e cabeça, rasgando-o aos pedaços com o homem ainda vivo. Apesar da tentativa de desviar o olhar, Sartoris viu de relance o rosto do homem esticado num grito silencioso quando um dos mortos-vivos arrancou--lhe o ombro do tronco. O monstro ao lado deu uma mordida enorme que removeu o outro braço e ficou acenando-o para os outros, brandindo-o feito um taco de beisebol.

O capitão desceu pela escotilha de emergência mais uma vez, entrando na nave, e agarrou o homem seguinte, que se aproximara dele empunhando algum tipo de arma primitiva de luta corpo a corpo, um cassetete ou faca. Sartoris jogou-o para fora num gesto descuidado de pura adrenalina. Havia um terceiro homem atrás dele, que foi também agarrado por baixo do braço e pela canela magrela, e erguido para cima do casco da nave. Ele olhava boquiaberto para o capitão de uma posição de total incapacidade.

– Por favor – disse. – Por favor, não faz isso.

Alguma coisa no tom de voz dele conteve Sartoris, que fitou o rosto do homem, vendo que, por baixo da sujeira e da fome e do cansaço, o soldado era apenas um garoto, um adolescente colocado à serviço de um império cujo único objetivo era a morte.

– Você não tem que fazer isso.

O capitão olhou para as desalmadas e cambaleantes criaturas, e as viu devorando os corpos que jogara para elas, brandindo os membros decepados, brigando pelos últimos nacos de vísceras rasgadas. Depois olhou para o jovem soldado de novo, o rosto fundo e os olhos aterrorizados. O garoto olhava para os mortos-vivos também. Parecia prestes a desmaiar de puro horror. Sartoris pôde ouvir o ar raspando ao entrar e sair pela garganta do moço, preenchendo o vazio dos pulmões. Por um instante, foi completamente transportado de volta para os últimos segundos da vida de Von Longo, o rosto erguido, os olhos implorantes fitando-o em busca de um rastro de piedade.

– Qual é seu nome? – perguntou Sartoris.

– C-como?

– Seu nome. Seus pais te deram um nome, não?

Por um momento o garoto pareceu tê-lo esquecido. Então, hesitante:

– White.

– Essa nave ainda pode voar, White?

– A nave? – O soldado balançou a cabeça, fazendo que sim. – Bom, pode, mas o raio de tração…

– Eu cuido disso. Pode ser que eu volte, e se eu voltar, você e seus colegas… – Sartoris olhou de relance para a direção na qual arremessara Gorrister. – Fui claro, White?

– Sim, senhor!

– Vou correr até lá. Recomendo que use essa chance pra trancar essa nave o melhor que puder.

Sem esperar para ver se o rapaz entendera o recado, Sartoris largou o colarinho dele, permitindo que deslizasse de volta para dentro da nave, e olhou para longe no hangar, sua mente instintivamente calculando uma trajetória entre as distrações que criara quando jogara os homens ao deque. Era uma simples equação matemática, e ele sempre fora muito bom em matemática.

Sartoris virou com tudo, de cabeça baixa, e foi correndo na outra direção, para o bico da nave, saltou e pousou no chão sem interromper a corrida. No mesmo instante, uma onda de monstros veio para cima dele, braços esticados tentando agarrá-lo. O capitão se jogou em cima de um deles, deslizou numa poça de sangue e sentiu um rasgo abrupto de dor no antebraço esquerdo, mas não parou para ver o que era.

Em alta velocidade, ele mergulhou para os fundos do hangar. Os veículos guardados ali atrás poderiam ser o único meio de sair do destróier, mas não seriam de utilidade alguma se ele não conseguisse desativar o raio de tração, e para isso ele precisaria chegar ao posto de comando primeiro, e depois…

Havia um corredor nos fundos do hangar. Ao passar por ele, Sartoris ouviu um bipe eletrônico disparando – provavelmente apenas um sensor de luz registrando o tráfego pela passagem.

Ele olhou ao redor, mas não viu nada. Se alguma daquelas criaturas o tivesse seguido até ali, estava se escondendo dele, o que não fazia o menor sentido. Em que ponto, ele se perguntou, o medo tornava-se tão redundante que atrofiava e pendia inteiro para fora como um apêndice desnecessário? Ou será que sua espécie sempre encontraria utilidade para o medo, independentemente de quão extrema fosse a situação?

Sartoris olhou mais uma vez para suas mãos vazias. Nunca na vida quis uma arma tanto quanto naquele momento. A ideia de aventurar-se desarmado pelo destróier era praticamente impensável. Contudo, se ficasse ali, a morte estaria garantida.

E está mesmo. É apenas uma questão de tempo.

Andando de costas, tentando ver tudo ao mesmo tempo, Sartoris trombou com tudo em alguma coisa e a sentiu recolher-se contra ele, como se batesse em um colchão inflável.

Sartoris deu meia-volta e não pôde conter um meio sorriso que se espalhou em seu rosto quando viu.

Era o hovercraft transportador com que cruzaram mais cedo, o que deixaram ali por não poder transportar todos.

Pelo visto a sorte começou a me sorrir.

Ele respirou fundo e ergueu os braços para subir a bordo do veículo – e notou o ferimento ensanguentado logo abaixo do cotovelo direito.

Foi quando compreendeu que tinha sido mordido.

POSTO

– Não sei você, amigo, mas eu esperava coisa melhor.

Esse foi Han Solo, finalmente pondo pés no posto de comando do destróier estelar. Passara por muita coisa e vira uma porção de esquisitices, mas se sobrevivesse àquilo, sem dúvida faria as pessoas pagarem seus drinques por um bom tempo.

A passarela havia sido… bem, para falar a verdade, quase mais do que ele podia suportar. A travessia já fora difícil, vacilando ao longo do espaço aberto com nada em que se segurar, com aquela vertigem de virar o estômago e seu centro de gravidade girando feito um pião desgovernado.

Ele não queria olhar para baixo. Mas quando as criaturas lá no fundo do poço começaram a atirar, não teve escolha.

Atiravam aleatoriamente, como se não tivessem muita experiência com as armas, mas isso não o tranquilizou muito quando Han viu a quantidade que havia deles. Atirar de volta teria sido desperdício. Podia haver milhares – naquela distância, era impossível dizer. Ocorreu a Han que os mortos-vivos pareciam estar ainda acordando, ganhando consciência pela presença de carne fresca, e sua mira era fraca, embora mais ao final da travessia parecesse estar melhorando. Mais de uma vez os disparos chegaram tão perto que Han quase provara o ozônio com a língua.

E se ele tivesse tropeçado, se tivesse escorregado e caído naquele mar de corpos famintos…

Com esforço deliberado, Han forçou-se a retornar ao presente. Estavam dentro do posto de comando, perante a imensidão de módulos de computador e equipamento de navegação com os quais todo esse quilométrico milagre de destruição interestelar era navegado.

O equipamento estava todo esmagado, a ponto de ficar praticamente irreconhecível.

As telas foram socadas para dentro, conjuntos de circuitos e sofisticados tinham sido alvejados, estilhaçados, ou puxados completamente de seus compartimentos, tudo amassado como se pisado por botas incrivelmente pesadas. Cada passo que davam se anunciava com o esmigalhar abafado de vidro quebrado.

– Parece que finalmente encontramos gente que odeia o Império mais do que nós, hein? – Han comentou, balançando a cabeça. – Já testou o navicomputador?

Chewie latiu sem se dar o trabalho de olhar ao redor.

– Calma, só perguntei. Qual é o problema em ter esperança? – Ele suspirou, removeu escombros de uma cadeira parada em frente a um dos consoles menos demolidos e se sentou. – A única coisa que ainda funciona é o raio de tração, certo? Que tipo de código temos aqui? – Ele foi até um teclado e digitou uma série de códigos. – O pessoal que projetou isso aqui não era assim tão esperto. Não deve ser tão difícil.

Dentro do console, alguma coisa vibrou. Padrões cristalinos começaram a se organizar na tela rachada, clareando e se definindo em linhas de código de navegação.

– Ei, Chewie, acho que consegui alguma coisa aqui...

Abaixo dele, em resposta ao comando, todo o destróier inclinou-se um pouco fora do eixo. Han, que jamais pilotara algo tão gigantesco na vida, sentiu uma espécie de bom humor fatalista nascendo por entre os alicerces de sua psique. O que diria o alto comando imperial sobre isso, pensou ele, vendo um contrabandista chinfrim com a cabeça a prêmio sentado perante os controles de um destróier estelar?

– Viu, que foi que eu te disse? – Ele digitou mais um conjunto de instruções, sem tirar os olhos da tela. – Ei, conseguiu dar uma olhada dentro daqueles sistemas de hiperpropulsão?

A nave sacudiu para a frente e Han se ajeitou na cadeira, tentando entender o que fizera e como desfazer. Parecia que o destróier estava se inclinando, e um dos consoles começou a emitir um zumbido grave e contínuo. Linhas de texto rolavam pelo monitor estilhaçado.

– Chewie?

O Wookiee não estava lá. Han levantou-se e olhou ao redor do posto de comando. Ficou tentando escutar, empunhando a arma que encontrara perto da cintura. O espaço ao redor pareceu-lhe subitamente muito amplo e absolutamente silencioso, exceto pelo clicar fraco dos dados que emergiam na tela. Seus olhos fitavam-na novamente com impaciência crescente. Qualquer que fosse o código que travara o raio de tração na posição em que se encontrava, ele ainda estava em ação. Esperando por uma senha.

Então, do meio de um dos espaços contíguos, escutou um rosnado suave.

– Chewbacca?

Com o dedo no gatilho, Han cruzou o posto, acompanhando o som, e encontrou-se perante uma subcâmara que não notara até o momento. Era cercada, do piso ao teto, por sistemas de apoio, painéis inteiros de luzes pulsantes. O destróier inclinou-se de novo, não dramaticamente, mas o suficiente para que Han pudesse sentir falta de equilíbrio, e ele imaginou se tinha feito algo que desestabilizara os sistemas de processamento da nave. A última coisa de que precisavam era que toda a aeronave virasse de barriga para cima no meio do nada.

Ele olhou dentro da subcâmara.

– Chewie? Que tá acontecendo aí?

Chewbacca estava agachado na meia-luz, analisando alguma coisa. Quando se levantou, Han viu que tinha nos braços um pequeno corpo peludo: outro Wookiee, Han notou, muito jovem. Vestia uniforme de preso.

– Como ele veio parar aqui?

O jovem Wookiee soltou um balido fraco. Chewbacca fitou-o, depois a Han.

– Ótimo – Han suspirou. – Quer aproveitar pra resgatar mais alguém por aqui?

Chewie disparou um resmungo ameaçador.

– Beleza, beleza, traga ele aqui fora – Han murmurou. – A gente não pode dar o ar da graça que de repente todo mundo tá estendendo a mão.

Chewbacca carregou o pequeno Wookiee para fora, e Han pôde então ver melhor o rostinho dele. Os olhos estavam vermelhos, vagos; a garganta estava tão inchada que ele parecia ter muita dificuldade para respirar. A língua brotava, grossa, da garganta.

– Cadê o resto da sua família?

O Wookiee baliu de novo e Han olhou para onde ele apontava: mais uma escotilha do outro lado do posto de comando.

– Estão lá dentro? O que estão fazendo, se escondendo?

Chewbacca levou o pequeno até lá, passou-o para um dos braços e estendeu o outro para abrir a escotilha. Ao fazer isso, o destróier mexeu mais um pouco. Han viu um filete de sangue vazar por debaixo da porta e cruzar o piso de hiperaço na direção deles.

– Ei – disse ele, e apontou para baixo. O filete passara para um fluxo contínuo. – Que que é isso?

Chewbacca soltou um grunhido intrigado e olhou para o jovem Wookiee, que se ajeitou no braço do maior em um surto de energia e apertou por conta própria o botão para abrir a escotilha.

Havia três Wookiees adultos em uniformes de preso amontoados no canto, encolhidos juntos, imersos num oceano de sangue. Han viu que o pelo do rosto deles estava coberto de pedaços de carne, e eles grunhiam e rosnavam e ofegavam caindo de boca numa pilha de restos humanos espalhados ao redor deles. Os corpos que devoraram pareciam usar uniformes da guarda imperial.

Han ficou pasmo.

– Mas o que...?

Todos olharam para ele ao mesmo tempo.

Aconteceu tudo num instante: um monte de pelos encharcados e músculos quentes saltaram para ele mais rápido do que seus olhos podiam processar. Os reflexos de Han tomaram o controle, e ele abriu fogo no que chegou mais perto. O tiro rasgou no meio o peito do Wookiee, largando-o deitado no chão. A criatura quicou e tossiu, e tentou se endireitar. O que veio logo atrás rolou e caiu de lado, depois tentou se levantar e ficou no caminho do último, que o atropelou. Han meteu-lhe um tiro na cara, e o bicho foi arremessado para trás. Depois passou para o deitado no chão, atirando nele até reduzi-lo a uma pilha de pelos trêmulos.

Ao lado dele, Chewbacca parecia uma estátua, como se estivesse ausente da situação. Quando Han deu um passo para trás, sentiu duas mãozinhas envolvendo-lhe o pescoço e olhou para o lado, e viu a boca do pequeno perto demais. Ele tentou livrar-se da criatura, mas ela se agarrara a ele com braços e pernas, o corpinho frenético e superaquecido contorcendo-se em cima do homem feito um rato de gigante.

Uma explosão ensurdecedora partiu a cabeça do jovem Wookiee ao meio. Quando ele se soltou e caiu no chão, Han viu Chewbacca baixando a arma.

– Obrigado – disse. – Que bom que resolveu me ajudar.

Chewie não disse nada. Ficou apenas olhando para o corpo largado no chão.

– Vamos sair daqui? Vá checar o hiperpropulsor.

Após um tempo, aparentemente com muita dificuldade, Chewie deixou o local.

PONTO DE PARADA

O duto de ventilação não parecera muito mais largo do que o corpo de Trig quando ele entrara, e agora parecia contrair-se cada vez mais conforme ele ia passando. A cada três ou quatro segundos, um jorro grosso de ar úmido rugia por cima dele feito uma onda, agitando roupas e cabelos, e ele ouvia metal pesado crepitando como uma válvula quebrada em algum lugar ao fundo da interminável passagem. Quão distante ela o levaria, ou aonde iria terminar, ele não sabia. Podia muito bem acabar morrendo ali dentro, perdido e desidratado, mais um pontinho no barrigão indiferente do universo.

Então, mais à frente, ele viu o final do duto. Uma luz fraca vinda de baixo projetava um pálido retângulo amarelo no topo do duto – ele não poderia seguir mais adiante.

O garoto rastejou até lá, ficou bem na beirada, esticou o pescoço e espiou lá em baixo.

E sentiu o estômago afundar até os joelhos.

O duto dava para o mesmo abismo que ele se esforçara tanto para evitar anteriormente. Era um poço imenso, cujo fundo continha o tubo comprido relativo à turbina do motor principal do destróier. Parecia ainda maior, visto de cima. Imediatamente abaixo do garoto, a menos de um metro dele, estava a estreita passarela que Han e Chewie atravessaram, perto o bastante para que ele pudesse alcançar caso tivesse mesmo que fazer isso. Teria que se prender à beirada do duto e baixar as pernas ali, e descer para a passarela sem perder o equilíbrio, e...

Atrás dele, dentro do duto, alguma coisa se mexeu.

Trig olhou para trás.

Congelou.

Quis gritar.

A criatura de capacete de stormtrooper vinha pelo duto na direção dele.

Não havia dúvida do que acontecia naquele momento. O bicho rastejava, olhando para o menino através das lentes sem vida do capacete.

– Não – Trig sussurrou. – *Não*.

O monstro se aproximava com o capacete grande demais balançando na cabeça conforme rastejava. Trig tornou a olhar pela beirada do duto. Sentia todo o seu corpo tremendo de medo, o coração batendo tão rápido que parecia prestes a explodir dentro do peito.

Você vai ter que descer, disse uma voz na mente dele. *Vai ter que descer pra passarela. É o único jeito, ou aquela coisa, aquela coisa vai...*

Mas eu não quero! Não consigo!

Trig olhou para trás e viu a criatura vindo atrás dele. Ela pendeu a cabeça e começou a rastejar ainda mais rápido.

Foi quando o capacete caiu.

Trig congelou, momentaneamente atordoado pelo choque e pelo medo tão desorientadores que ele até se esqueceu de onde estava e o que estava fazendo. Naquele instante, ele não pôde fazer nada além de ver o rosto que fora revelado pelo capacete, o sorriso arruinado do irmão, um dos lados do rosto dele totalmente destruído, irreconhecível, o globo ocular brilhante e os ossos esmagados.

Então se ouviu tentando falar. Sua voz saiu rouca, quase um sussurro:

– Kale?

A criatura fitou-o e continuou rastejando.

– Kale. Sou eu... Trig.

O bicho não pareceu nem ouvir. Trig via que ele salivava, e a saliva se misturava aos filetes de sangue secos, grudados na cara. Dava para ouvi-lo respirando, e o barulho lembrou o menino do som que o ar fazia ao passar por ele dentro do duto. Aquilo era demais. Não podia estar acontecendo. Se estivesse, só podia significar que ele enlouquecera de vez, e nesse caso...

Do nada, a criatura lançou-se para a frente, empurrando o menino para a beirada da saída do duto de ventilação. Trig abriu a boca para falar e caiu no choro. Dessa vez, deixou as lágrimas fluírem o quanto quisessem. Lágrimas e ranho e soluços e prantos, por que não? Que diferença faria contê-las naquele momento?

Kale abriu e fechou a boca, e Trig sentiu o cheiro de morte trancado lá dentro, a morte que fora trazida ao irmão, a morte que o irmão traria até ele. Kale não ia responder nem ia parar. Trig amara o irmão mais do que tudo na galáxia, mas nada disso importava mais.

– Kale?

O monstro rosnou e baixou o rosto para o pescoço de Trig, dentes e língua varrendo a pele da garganta, vertendo um hálito quente que cheirava a musgo horrendo e venenoso. As mãos de Kale estavam quentes e frias ao mesmo tempo. A carne morta era úmida, grudenta e pegajosa. Ele subira em cima do irmão, pressionando-o para baixo com todo o peso.

Com um grito de dor, Trig empurrou o irmão para trás. Uma fagulha quente que ele jamais sentira passou raspando pela boca do estômago e se alojou no coração do menino, e uma luz se apagou dentro dele, seguida pela triste compreensão do que estava para acontecer. Foi como uma história que um dia ele ouvira, com um final já escrito muito antes de ele ter tido chance de fazer alguma coisa para mudá-lo.

Cuide do seu irmão.

– Kale, me desculpa.

Quando Kale foi para cima do menino de novo, dessa vez mais faminto ainda, Trig apertou o joelho contra o peito do irmão e o içou para cima, afastando o corpo por um momento. Ele jogou Kale para o lado, girou, agarrou-o pelos pulsos e o moveu para trás, para a beirada do duto.

E, então, empurrou-o para fora.

CAPÍTULO

40

DESPERTAR

Kale caiu sem fazer barulho.

Trig viu-o caindo, ficando menor, uma lágrima em meio ao vazio. Conforme a escuridão engolia seu irmão, cuja silhueta descia iluminada apenas parcialmente pelas luzes fracas que cercavam a turbina, Trig viu lá embaixo o que não tinha visto antes.

Rostos.

Milhares deles.

Estavam – como deviam estar fazia muito tempo – amontoados no fundo, dos dois lados da turbina, como se atraídos pelo fantasma de seu zunido agora ausente. Mesmo coberto pelo véu do choque, uma reação atrasada ao que acabara de acontecer, Trig compreendeu o que via.

Era a equipe original do destróier estelar.

Começaram a gritar para ele em uníssono.

No mesmo instante, o corpo de Kale atingiu a turbina e quicou, caiu para a lateral e desapareceu no pântano fervilhante de corpos. O som resultante foi um grito ainda mais alto, como uma entidade única acordando e ganhando uma espécie de consciência de massa em estado bruto, uma noção que progredia parcamente além das necessidades físicas imediatas. O hálito dos monstros elevou-se até o menino em gradações invisíveis de cálida umidade; sua fome permeava o ar feito termais subindo antes da tempestade.

Estão me vendo.

Já começavam a levantar braços para o garoto, tornando o rosnado mais agressivo, aumentando a frequência até alcançar aquela forma de onda contínua, agora familiar. Vacilando e balançando, alguns começaram a tentar escalar as laterais da própria turbina, na tentativa de alcançá-lo. Alguns pareciam ter coisas nas mãos, mas Trig não soube dizer de que objetos se tratavam.

Assim que começou a se puxar de volta para dentro do duto de ventilação, pensando que poderia pelo menos dar alguns metros de distância para avaliar suas opções, as armas puseram-se a disparar.

Estavam atirando nele, com pontaria fatalmente precisa. Antes que pudesse rastejar para dentro, Trig sentiu o duto de ventilação sacudir e abrir-se na sua frente, libertando-se da estrutura soldada que o mantinha preso ao teto, cuspindo, assim, o menino para fora. Ele foi lançado pelo buraco sem poder se agarrar em nada, e por um instante esteve em queda-livre, numa trajetória final idêntica à do irmão mais velho.

Ele pousou na passarela com tudo e foi erguido pelo impacto, que espalhou lascas de dor por seus tornozelos e pernas. Trig agarrou-se nela e ali ficou, os dedos fechados na treliça gelada, prensado nela com todo o seu corpo. Dava para escutar e sentir os disparos de energia ressoando pelo espaço ao redor. Um deles acabaria atingindo-o, restando somente desejar que o raio o matasse antes que ele caísse naquela massa distante de mãos estendidas e bocas abertas.

Queria estar morto antes que isso acontecesse.

Ao redor do menino, a passarela sacudia e balançava com o impacto dos disparos. Lascas de hiperaço voavam de raspão por suas bochechas, pequenos pontinhos de pura velocidade. Ele não conseguia mais pensar com clareza, o que poderia explicar por que não reagiu imediatamente quando viu Han e Chewie na outra ponta da passarela, olhando para ele.

Eles devem ter voltado do posto de comando, formulou, meio zonza, a mente de Trig. *Acho que as coisas não deram muito certo lá também.*

Han certamente podia vê-lo, Trig sabia disso. O homem acenava para ele, desesperado, mandando vir para frente ou se abaixar – o menino não entendeu muito bem. De qualquer maneira, qual seria o plano? Han e Chewie tinham armas, mas somente duas delas não fariam a menor diferença contra o imenso poder de fogo que vinha de baixo – seria o mesmo que estar desarmado, como estava Trig. E nenhum dos dois parecia muito interessado em aventurar-se de volta na passarela no meio de tudo aquilo, mas Trig compreendia.

O menino estreitou os olhos. Han gesticulava ainda mais desesperado agora, gritando a plenos pulmões. Apontava para o alto, para cima, e quando Trig ergueu a cabeça viu a última porção do duto de ventilação pendurada no teto, balançando para a frente e para trás.

Havia mãos saindo pelo buraco.

Trig lembrou-se da montanha de corpos que deixara na outra ponta do duto, a que começara a ganhar vida conforme ele a escalava.

Eles me seguiram pelo duto.

O menino viu tudo, mudo, sufocado de horror, quando o dono das mãos deslizou para fora. Era um soldado imperial de rosto iluminado de urgência.

Clamando por Trig, o bicho dançou para a frente e para trás dentro do tubo pendente, perdeu o equilíbrio e então caiu, brandindo as mãos, furioso, ao passar pelo menino, mergulhando escuridão adentro. Mais três soldados imperiais chegaram rastejando logo em seguida, caindo do tubo como filhotes hediondos de alguma espécie inimaginável de ovíparo dos mais férteis.

O duto de ventilação oscilou de novo, e dessa vez Trig percebeu que o que estava ali dentro, independentemente do que fosse, estava apenas esperando que o duto balançasse mais para a frente antes de pular, podendo aproveitar, assim, esse último impulso da inércia para agarrar o garoto quando brotasse para fora do tubo. O corpo arremessou-se contra o menino, rápido demais para que fosse possível ver seu rosto. Trig foi prensado na parede, sentindo garras arranhar e esmagar seu tronco.

A criatura agarrou uma das pernas do garoto.

E dessa vez não soltou.

Trig olhou para baixo. Por um instante, a única coisa que pôde ver foi o saco molenga de carne cor de hematoma que um dia havia sido o rosto da criatura olhando para ele, o ponto onde os *piercings* tinham sido arrancados, a bocarra de sanguessuga. Quando ela abriu, Trig viu o brilho do metal fincado na goela, a faca que Kale enfiara ali – o que parecia ter ocorrido há milênios.

Aquele era Aur Myss.

41

ASA NEGRA

Zahara testou três teclados até encontrar um que funcionava. Com os dedos tremendo, conectou-o à segunda mesa e prendeu a respiração, esperando para ver se eram compatíveis.

O 2-1B não aceitara acompanhá-la à sala de controle do hangar, preferindo permanecer no laboratório, caso precisassem dele. Contudo, as direções fornecidas pelo droide foram impecáveis. Ele a enviara a um labirinto bizantino de corredores que a levaram a um elevador de serviço; ela o tomou e foi direto à sala do piloto, passou por mais algumas portas e chegou à sala de controle.

A grande cabine isolada ficava a pelo menos trinta metros do deque de pouso. Daquele local ela podia ver tudo – as seis naves que o raio de tração do destróier sugara numa ponta, e, na outra, o elevador de acesso semidestruído que os levara da nave-prisão até ali.

E via também os mortos-vivos.

Centenas deles, talvez milhares, cercando as naves danificadas aos enxames, tão apinhados que Zahara não conseguia estimar quantos eram. Mais deles brotavam constantemente de muitas escotilhas e portas, um fluxo sem fim de corpos que rastejavam uns por cima dos outros na direção das diversas aeronaves. Passados alguns segundos, todos gritavam juntos, a mesma onda sonora, e isso parecia apenas acelerar a chegada de mais deles.

Como ela faria para chegar lá embaixo? E se o fizesse, não teria chance de entrar numa das naves capturadas sem que…

Prioridades.

A tela à frente dela piscava, obediente, esperando pela senha. Seus dedos pairaram sobre o teclado por um momento, e então a médica digitou a expressão que havia lido rabiscada no piso do laboratório.

asanegra

Houve uma longa pausa, e então a tela ficou totalmente negra. Então, abruptamente, mostrou:

senha aceita
inserir comando

Zahara permitiu sair um suspiro que pareceu relaxar cada músculo de seu peito, ombros e costas. Ela digitou:

acessar controle principal do raio de tração do destróier estelar

Após um átimo de segundo veio a resposta:

controle principal raio de tração acessado

Ela digitou:

desabilitar raio de tração

Por um instante, nada aconteceu. O computador, então, respondeu:

impossível completar comando

Zahara fez uma careta.

explicar impossibilidade de completar comando

Imediatamente:

raio de tração já desabilitado

Ela se recostou no assento e fitou a tela com o cenho ainda ligeiramente franzido. Teriam Han e Chewie conseguido desligar o raio no deque de comando? Se sim, deviam estar voltando, supondo que o plano ainda era fugir dali numa das naves aprisionadas.

Ela olhou para baixo, para a massa pulsante de corpos que preenchia o piso do hangar. Com sorte, Han e o Wookiee teriam encontrado mais armas ao longo do caminho.

Inclinada para a frente, a moça digitou:

definir asa negra

O sistema respondeu:

asa negra: projeto de arma biológica imperial I71A
algoritmo de disseminação e distribuição de vírus galáctico
sigilo: ultrassecreto
status **do projeto: em andamento**

Algoritmo de *distribuição*? Zahara tornou a fitar os corpos ambulantes no hangar, agora amontoados tão densamente que em muitos pontos não era possível nem enxergar o piso. Passavam-se uns poucos segundos e os bichos soltavam uma nova versão daquele grito rítmico e ressoante e, quando prestava atenção, ela ouvia outro grito reverberando de outro ponto do destróier. Isso só os fazia mover-se com mais urgência.

Contudo, os mortos-vivos não estavam mais apenas zanzando a esmo.

Os defuntos subiam a bordo das diversas naves, dos X-wings e naves de pouso e transporte até o cargueiro alojado no outro canto do hangar. Outros entravam de volta no elevador de acesso semidestruído que levava à nave-prisão. Zahara viu que carregavam alguma coisa nas costas.

A médica olhou com mais atenção.

Tanques de metal preto.

Ao olhar novamente para as diferentes naves do hangar, lembrou-se do algoritmo de distribuição, um meio coordenado pelo qual o Império poderia espalhar o vírus para qualquer canto que quisesse em toda a galáxia. Distraída, reparou num grupo de mortos-vivos alinhados na lateral do X-wing, unidos na tarefa de virar a nave, apontando-a para onde ela estava.

Sua mente retomou o que Waste lhe dissera sobre noção de quórum, o modo pelo qual a doença funcionava.

Eles não fazem nada até poderem fazer juntos – quando é tarde demais para que o organismo hospedeiro se defenda – mas por quê?

Então ela entendeu, e falou em voz alta sem nem perceber.

– Estão partindo.

Lá embaixo, o X-wing estava apontado bem na direção da médica. O que o outro 2-1B dissera mesmo sobre ficar ali exposta?

Uma coluna brilhante de fogo rasgou o hangar ao meio, voando diretamente até ela.